AF191472

Ich zapple,
also bin ich

Christa Andersen

© 2023 Christa Andersen
Herstellung und Verlag: BoD – Books on
Demand, Norderstedt
ISBN: 9783758310614

Inhaltsverzeichnis

Teil I
Philipp

Die Rippen

„¡Por Dios! Zeig der Oma doch deine Rippen!", forderte Sandra ihren Sohn Philipp auf. Widerwillig zog der Siebzehnjährige sein schwarzes Shirt bis über die Brust hoch. Zum Vorschein kam sein vorstehendes Gerippe. Die Großmutter bekam erst mal keinen Ton aus der Kehle. Sie stand unter Schock, war sichtlich erschüttert. *„Dass er ständig, auch in der brütenden Sommerhitze, wie sie derzeit herrscht, immerfort langärmlige übergroße Sweatshirts trägt, obendrein stets dunkelfarbige, den Grund dafür habe ich mir schon lange zusammengereimt. Auch seine Beine bekommt man nie zu Gesicht, verhüllt, versteckt unter einer ebenfalls dunkelfarbigen langen und zusätzlich weiten Hose. Shorts? Fehlanzeige. Baden gehen bei diesen herrlichen sommerlichen Temperaturen? Gott bewahre! Alles nur, um ja nicht seine Dürre zur Schau zu stellen. So lullt er uns alle ein. Nach dem Motto: Was man nicht sieht, das gibt es nicht! Und wir spielen alle mit. Verschließen die Augen vor der erschreckenden Wirklichkeit, vor seiner Magerkeit, vielleicht sogar Magersucht!"*, sinnierte Andrea vor sich hin. Dann atmete sie tief durch, sammelte ihre Kräfte und sprach: *„Querido, ich würde meinen, diese betonte Verformung deines Brustkorbs ist auf eine galoppierende Rachitis zurückzuführen. Weißt du, wie die zustande kommt? Durch Mangel an Vitamin-D, welches normalerweise dank der Sonneneinstrahlung auf den Körper und dem Verzehr von fettigem Fisch entsteht. Bei Defizit dieses Vitamins werden die Knochen ungenügend mit Mineralien versorgt und deformieren sich, so wie es bei dir leider der Fall ist. Ich muss da an meine Kindheit zurückdenken. Mein Vater zwang uns, - denn nur unter Zwang und nie freiwillig schluckt man das Zeug hinunter, - Lebertran zu trinken. Wir bekamen tagtäglich einen vollen Esslöffel vorgesetzt. Wer dieses Kabeljauöl jemals in den Mund hineingetrichtert bekommen*

hat, vergisst den abscheulichen Geschmack sein ganzes Leben lang nicht! Die schlechte Ernährungslage in der Nachkriegszeit war Hinderungsgrund genug für eine normale Knochenbildung der Heranwachsenden, und die allgemeine Bevölkerung wusste vom Nutzen des Fischöls für die gesunde Entwicklung des Skeletts. Heutzutage würde man es wohl als ein Nahrungsergänzungsmittel bezeichnen. Mein Vater gehörte zu den rabiaten Anhängern dieser Maßnahme. Aber er setzte sie wahrscheinlich zu spät ein, denn bei meinen beiden älteren Brüdern ist bis heute eine Rippenverkrümmung vorhanden."

„Interesting! Aber, Oma, du hast das Thema verfehlt, denn wir leben nicht in der Nachkriegszeit. Die ist ja längst vorbei! Und Mama kauft alles Bio. Das weißt du ohnehin, also wir genießen hier die allerbeste Ernährung", mischte sich Philipp in Defensivstellung ein.

„D'accord", entgegnete Oma Andrea. „Dass deine Mutter auf Öko-Trip ist, das ist nicht zu übersehen." Und dabei ließ sie ihren Blick in der Küche umherschweifen; der Vermerk „Bio" nicht nur auf allen Lebensmitteln aufgedruckt, sondern ebenfalls auf dem Spülmittel und der Handseife neben dem Becken. Dieser Trend war Andrea schon immer übertrieben vorgekommen, provozierte sie zur Gegenreaktion, zum Kauf der allerbilligsten, am wenigsten empfohlenen Produkte, nur so aus Protest. Sie selber legte keinen Wert auf die Bezeichnung, misstraute sogar dem begehrten Siegel. Alte Schule gegen neue Schule! Dann fuhr sie fort: „Die Frage ist aber bestimmt berechtigt, mon cher, ob du dir die von Sandra so liebevoll zubereiteten Speisen tatsächlich einverleibst bzw. wie viel davon. In deinem Zimmer stehen die leeren Chipdosen sowie jene von Energy-drinks herum; aus deinem Papierkorb habe ich mehrere Plastiktüten heraussortiert, die vorher ähnliche ungesunde, industriell hergestellte Produkte enthielten. Also in Wahrheit isst du eine einzige gesunde Mahlzeit am Tag, das von Mami mit den qualitätvollsten

Zutaten gekochte warme Abendessen. Und verzehrst du die für einen Teenager ausreichende Menge davon? Anhand meiner Beobachtungen im Laufe dieser vergangenen Woche lautet die Antwort ein klares Nein!"

Philipp war ein hübscher Jüngling mit schulterlangem Haar, in der Originalfarbe blond, wenn es nicht gerade rot oder schwarz getönt war. All diese Farben standen ihm ausgezeichnet zu Gesicht. Er war ein Blickfang, sowohl für die Mädchen als auch für die Jungen und sogar Männer. Seine blauen Augen rundeten das attraktive Bild ab. An seiner Größe war auch nichts auszusetzen, obwohl seine Klassenkameraden ihn meist um einen Kopf überragten. Der Haken lag woanders: Er war äußerst hager, im Klartext Haut und Knochen, stand einem KZ-Häftling nicht im Geringsten nach. Manche seiner männlichen Freunde waren sicherlich zweimal so breit und schwer wie er! Erst zwei von seiner Sorte machten einen von ihnen aus! Und seine Kleidung? Modisch im Trend hätte man naiv behaupten können. Aber Andrea wurde es nun glasklar, dass er durch lange Hosen und langärmlige T-Shirts winters wie sommers, sowohl bei Kälte wie bei Hitze, seine abgemagerten Glieder verdecken, verbergen wollte. Passend dazu die ausgesuchte Farbe: Meist schwarz, auf jeden Fall dunkel! Er wollte nicht auffallen! Und bestimmt schämte er sich aufgrund seines mageren Körpers. Aber er besaß nicht den Willen oder sah nicht die Notwendigkeit, seinen Zustand zu ändern.

Ein Außenstehender war erstmal durch seine Schönheit geblendet. Hinzu trat seine Begabung, die Menschen in ein Gespräch, in eine nicht enden wollende Diskussion zu verwickeln. Letztendlich erlag sein Gegenüber seinem unwiderstehlichen Charme. Darüber vergaß man seine Körperlichkeit, übersah gerne, wie luftig leicht, wie ätherisch dieses Wesen war, das der geringste Windhauch umwerfen konnte, das einer schützenden Fleischumhüllung, geschweige denn einer Fettschicht, vollständig ermangelte. Er schaffte es ohne weiteres, die anderen in Bezug auf seinen Körper in die Irre zu führen, seine Magerkeit zu kaschieren, sie unentdeckt zu bewahren.

„Deinen Vitamin-D-Mangel, my dear", ergänzte Andrea, *„unter dem du bestimmt akut leidest, hast du dir selber zuzuschreiben, durch deine äußerst ungesunde Lebensweise. Du verkriechst dich stets in deinem Zimmer, bedeckst auch den letzten Hautflecken deines Körpers, verhinderst auf perfekte Weise, dass auch der tollkühnste Sonnenstrahl Kontakt zu dir aufnimmt."*

Andrea war es klar, dass sie sich ihr gutes Verhältnis zu Philipp mit diesen harten, direkten Kommentaren eventuell verspielte. Sie liebte ihn abgöttisch. Vom Alter von ungefähr zwei Jahren an hatte er drei Jahre lang mit seiner Mutter bei ihr und ihrem Mann Raul gewohnt. Die Bindung war stark. Sie wollte nur das Beste für ihn, sie wollte ihn wachrütteln, dazu bringen, sich seinen Körper, seine Gesundheit, somit seine eigene Zukunft, ins Bewusstsein zu holen. Er war noch zu sehr Kind, um die Gefahren wahrzunehmen, denen er sich durch schlechte Ernährung und unbedachte Lebensführung aussetzte.

„Ich schlage vor, wir suchen unsere Hausärztin auf, wenn du nächste Woche bei uns in Frankfurt bist, Philipp, de acuerdo?", fügte sie mit einem Lächeln hinzu. Sie hatte Kenntnis davon, dass es Sandra nicht gelungen war, ihren Sohn zu überreden, mit ihr eine Praxis zu betreten. Er scheute offensichtlich vor der Wahrheit über sich selber zurück, wollte sein Unschuldsland nicht verlassen müssen. Ein Urteil würde gefällt werden, das ihn zum Handeln, zu radikalen Änderungen in seinem Lebensstil führen würde. *„Wer möchte das schon?"*, fragte sich Andrea. *„Wir sind alle bequem und verharren lieber im alten Trott, als dass wir Neues akzeptieren, auch wenn dieses notwendig ist und zugleich Verbesserungen mit sich bringt. C'est ainsi!"*

Der Frankfurter Ärztin merkte Andrea ihr Entsetzen an,

als sie anhand von Philipps Größe und Gewicht sein BMI auf der Tabelle ablas. Sie erbleichte, schluckte hörbar ihr Unbehagen hinunter und … schwieg. Keinerlei Kommentar, keine Schlussfolgerung. *„Aha"*, dachte Andrea erleichtert, *„auch die Ärztin ist sich nun im Klaren, dass er ein Gewichtsproblem hat. Bestimmt redet sie ihm jetzt ins Gewissen, schreckt ihn auf, erklärt ihm, dass er so nicht weitermachen kann/soll!"*. Nach der Blutuntersuchung kam dann aber nur die lapidare Diagnose: *„Du musst Vitamin- D zu dir nehmen, da das Defizit bei dir enorm ist. Ansonsten sind die anderen Werte in Ordnung, d. h. du bist gesund. Aber wegen deiner Kiel- oder Hühnerbrust – ja, so wird diese Fehlbildung der Rippen im Volksmund genannt – gebe ich euch eine Überweisung zur Radiologie. Zur Kontrolle der Organe, denn die veränderte Stellung der Rippen, also die dadurch im Thorax produzierte Verengung, kann zu inneren Schäden führen. Alles Gute!"*

Andrea traute ihren Ohren nicht! Der untergewichtige Junge als gesund entlassen! Wut stieg in ihr auf! Ohne die ärztliche Unterstützung würde Sandra Philipps Ernährungsverhalten nicht in den Griff bekommen. Aber erstmal musste sie einen Termin für die Röntgenaufnahme ausmachen und den erhielt sie zu ihrem Erstaunen für den darauffolgenden Tag. Da sich die Praxis in der Nähe ihrer Wohnung befand, radelte sie mit Philipp dorthin. Die Unterhaltung oder eher Philipps Geschrei entwickelte sich zu einem Folterverfahren, das sie sich schlimmer nicht hätte vorstellen können! Immerzu lag er ihr mit den Worten der Ärztin in den Ohren: *„Wozu müssen wir dorthin? Why? Tell me why? Die Ärztin erklärte mich doch für gesund! Wir können es uns doch sparen! Es ist vollkommen überflüssig! Ich habe kein Fieber, keinen Husten, keinen Schnupfen, nichts!"* Andrea übte sich in Geduld. Dennoch fruchteten all die weisen Argumente, die sie dem zur Furie verwandelten Enkel entgegenbrachte, nicht. Er ließ nicht von seinen Tiraden ab, sodass Andrea sich unter großer Anstrengung bemühte, ihn zu beschwichtigen: *„Was ist denn so Erschreckendes daran, dass du mal richtig untersucht wirst? Hast du Angst, man könne dir weh tun? Das ist doch nicht der Fall!"* Während Andrea den Versuch unternahm, sich unter Kontrolle zu halten, nicht durch Philipps Provokationen aus der Bahn geworfen zu werden, zeigte sich dieser immer ungehaltener. Schließlich griff sie energisch durch: *„Jetzt aber basta! Enough! Es reicht! Nun bist du still und radelst gefälligst weiter!"* Diese Aufforderung war notwendig, denn er fuhr dermaßen langsam, dass sie fast den Eindruck hatte, sie müsse ihm wie einem kleinen Kind die Hand auf den Rücken legen, um ihn vorwärts zu schieben! Nach der zwanzigminütigen Fahrt war sie erschöpft! Nicht von der sportlichen Betätigung, nein, seelisch außer Gefecht gesetzt! Durch einen Halbwüchsigen!

Es sollte aber noch schlimmer kommen. Die Röntgenaufnahme des Thorax zeigte keine Auffälligkeiten. Nicht verwunderlich also, dass der Röntgenologe der Hausärztin beipflichtete, Philipp sei gesund, seine Organe in Ordnung. Er müsse nun Krankengymnastik, gezielte Übungen machen, um die Missbildung in Schach zu halten. Das war die Quintessenz seiner Diagnose. Nun war Andrea allerdings schachmatt gesetzt! Zwei Ärzte mit der gleichen Aussage, Philipp sei gesund! *„Look! Wir sind ja dennoch weitergekommen, mi amor!"*, meinte sie zum Enkel. *„Einerseits durch die Röntgenaufnahme, in der Tat ein Beleg schwarz auf weiß, für deinen jetzigen Zustand, also eine Grundlage für einen künftigen Vergleich, falls eines Tages Veränderungen eintreten sollten, und andererseits weißt du nun, dass du mit bestimmten gymnastischen Bewegungen eine Verschlechterung verhindern bzw. eine Verbesserung deiner Rippen herbeiführen kannst."* Für Andreas Worte blieb Philipp taub, nicht aber für die des Arztes. Auf dem Rückweg ging das gleiche Gezeter wieder von vorne los. *„Voilà, Omi, es ist doch genau so, wie ich es prophezeit hatte! Hätten wir uns doch* *sparen können! Der zweite Arzt, der nichts findet! Alles okay! Why didn't you listen to me?"* Und er hörte nicht auf mit seiner Litanei; provozierte und nervte Andrea dermaßen, dass sie frech ihr E-Bike auf Höchstleistung umstellte und ganz einfach davon sauste. *„Soll er doch weiterjammern! Das kann man sich nicht mehr anhören! Wird er irgendwann zur Raison kommen? Verflixte Pubertierende! Wollen sich durchsetzen, haben aber noch keine Ahnung von den Irrungen des Daseins."*

Die Lektion wirkte. In der Wohnung mit Verspätung angelangt, war Philipp kleinlaut geworden. Er spürte, dass er zu weit gegangen war. Die folgenden Tage verliefen friedlich, sodass Andrea ihm den Vorschlag vortrug, eine leichte Bergwanderung zu unternehmen. Vehemente Absage! Sein Argument: *„Ich habe nicht die Kraft dazu! Die Energie, die Ausdauer fehlen mir! Ich schaffe so etwas nicht!"* Schon wieder verstand Andrea die Welt nicht mehr! *„Come on! Ein junger Mann muss doch einige Hundert Höhenmeter bewältigen können! Look, ich kann das ja auch, und das in meinem Alter!"* Aber es war nichts zu machen. Nicht durch gutes Zureden, nicht durch auf seinen Gesundheitszustand bezogene Argumente. Und Andrea erinnerte sich an den Erwerb des Goldabzeichens im Schwimmen drei Jahre zuvor. Sie hatte Philipp eine Woche lang zwecks Trainings ins Schwimmbad begleitet. Sie schwamm neben ihm her, trieb ihn an, redete ermutigend auf ihn ein, wobei sie zusätzlich akkurat das Zählen der abgeschwommenen Bahnen im Auge behielt. Sogar bei der Prüfung zog sie ihn sozusagen an einem unsichtbaren Seil voran. Mit Erfolg! Er erwarb das begehrte Abzeichen! Das letzte der Reihe. Denn schon in den Jahren davor hatten sie die gleiche Prozedur für die anderen Trophäen, wie Bronze und Silber, durchlaufen. Wenn der Wille da war, schaffte er auch das gesetzte Ziel! *„Warum also diesmal nicht? Warum macht er jetzt nicht mit? Warum diese heftige Ablehnung, diese krankhafte Unnachgiebigkeit? Er reizt mich* *schon wieder zur Weißglut! Am liebsten würde ich ihn umgehend nach Hause schicken! Ich explodiere gleich! Es kann doch nicht wahr sein, dass er so stur ist, dass er nicht im Geringsten nachgibt und einsichtig wird. Wie hält Sandra diesen Dickkopf aus?"*, dachte sich die enervierte, aufgebrachte Andrea. In der Nacht konnte sie nicht schlafen. Irgendwann schaltete sie die Lampe ein und las über eine Stunde lang im Bett. Auf seinem Toilettengang sah Philipp den Lichtschein in ihrem Zimmer und klopfte an. Obwohl er demütig nachfragte, wieso Andrea nicht schliefe, schickte diese ihn wirsch fort. Sie hatte ihre Wut immer noch nicht unter Kontrolle. Sie merkte, dass sie hart gegen ihn reagiert hatte, vielleicht zu hart, aber sie konnte sich nicht mehr beherrschen. Erst am nächsten Morgen ging es ihr besser und sie sagte sich: „*Nun lass es gut sein! Er ist noch in der Entwicklung und es liegt an mir, die Beherrschung über mich selber zu bewahren. Ich muss Frieden schließen!"*

So kam es, dass sie ihm tags darauf einen zweistündigen Spaziergang am Seeufer anbot. Er nahm an, was blieb ihm anderes übrig nach der Diskussion am Vortag und nach der lieblosen nächtlichen Zurückweisung! Die Stimmung war wie durch ein Wunder wiederhergestellt. Ebenso Philipps Appetit! Die gute Luft und obendrein die Bewegung bewirkten eine regelrechte Hungerexplosion: Er verzehrte nicht nur die für ihn angedachte Stulle, sondern obendrein auch jene der Oma! Frühstücken war ja nicht sein Ding. Mehr als eine halbe Tasse Kaffee konnte er nicht verdrücken. Jeder auch noch so kleine Bissen bedeutete einen Kampf. Deswegen freute sich Andrea über die plötzliche Hungerattacke, überließ auch das mitgebrachte Obst dem Jüngling, sodass sie komplett leer ausging. Das machte ihr nichts aus, obwohl ihr bewusst war, dass diese Nahrungszufuhr absolut keine Veränderung am Gewichtszustand des jungen Mannes bewirken würde.

Am letzten Abend, bevor Philipp zu seiner Mutter nach

Leipzig zurückfuhr, konfrontierte er Andrea, sozusagen zum Abschied, mit einem arg verdrießlichen Erlebnis. Von einem Treffen mit Freunden heimgekehrt, setzte er sich zu Andrea und konnte seinen Tränen keinen Halt bieten. *„Was ist denn? Bist du betrunken?"*, und als er vehement den Kopf schüttelte: *„Hast du irgendeine Droge genommen oder etwas geraucht?"* Abermals Kopfschütteln. *„Hast du dich mit jemandem gestritten? Oder hast du gar Liebeskummer? Please, tell me!"* Nein, nein, und immer wieder nein! Also was konnte dann der Grund für diesen heftigen Tränenausbruch sein? *„Very easy, eine Depression"*, schlussfolgerte Andrea. So hatte sie ihn noch nie erlebt. Das fröhliche Kind an einem Abgrund! *„Oder ist es einfach Angst vor der Mutter, vor der Rückkehr in den Alltag, auch jener in die Schule? Fühlt er sich dort etwa nicht wohl? Wird er vielleicht nicht akzeptiert, er, der jüngste von allen in seiner Klasse, der Benjamin, der den anderen in Vielem, auch in der Reife unterlegen ist?"* Sie bemühte sich, ihn zu trösten, seinen Tränenfluss zu stoppen. Ein unmögliches Unterfangen. Nicht zu vollbringen. Sie rang nach neuen Worten, neuen Ideen, alles sinnlos, genauso wie einige Tage zuvor, als sie unterwegs zum Arzt versucht hatte, ihn zurück auf die normale Bahn, zur Vernunft zu bringen. Ihn nun aus dem tiefen, dunklen Loch herauszuholen, in dem er sich mit Sicherheit befand, wollte Andrea nicht gelingen. Sie kannte sich mit einer solchen Ausnahmesituation nicht aus, war mit ihrem Latein am Ende! Unzufrieden ging sie zu Bett in der Hoffnung, der Spuk möge sich von selbst auflösen.

Tatsächlich war Philipp am nächsten Morgen gut gelaunt, entschuldigte sich für sein unausgewogenes Verhalten des Abends zuvor, hatte wieder zur Normalität gefunden. Welche Erleichterung für Andrea! Aber dieses Gefühl währte nicht lange. Sie fürchtete, ihr Enkel hielte noch viele Überraschungen für seine Familie bereit, eher wohl solche, die mit großen Problemen behaftet waren. Diese Achterbahnen seiner Gefühlswelt, dieses Auf und Ab, diese

Unvorhersehbarkeit seiner Reaktionen beunruhigten sie sehr. Sie machte sich auf Schlimmeres gefasst.

In den Herbstferien lud Andrea ihren Enkel zu einem Türkeiurlaub ein. Vier Tage am Meer, vier Tage Istanbul. Während des Strandurlaubs bekam sie ihn kaum zu sehen. Er hatte sofort Kontakt zu einem Geschwisterpaar gefunden, sprang mit den Brüdern ins Wasser, spielte Ball; sie aßen zusammen ihre Lieblingsspeisen, waren unzertrennlich, sodass jeglicher Ausflug zu den in der Nähe gelegenen Ausgrabungsstätten undurchführbar wurde. Andrea freute sich über die Ausgelassenheit des Jungen. Glücklich strahlend und erschöpft fiel er abends ins Bett. Für den Aufenthalt in der Metropole hatte sie ihm bereits Museumsbesuche angekündigt, unumgängliche! Und siehe da: Er ließ sich dorthin schleppen, hörte Andrea zu, stellte sogar hin und wieder eine Frage, um zu verdeutlichen, dass er tatsächlich Andreas Erläuterungen Folge leistete.

Als der vorletzte Tag anbrach, erlebte Andrea eine Überraschung. Philipp hatte sich nicht mehr im Griff. Er war beleidigt. Weswegen eigentlich? Welchen Fauxpas hatte Andrea begangen? Philipp mal wieder äußerst verwundbar. Schmollend. Er setzte sich auf eine Bank, nicht ansprechbar, verschlossen, in sich gekehrt. Andrea verzweifelt. „*Wie kann ich ihn erreichen? Er scheint so fern! Egal, was ich sage, alles ist falsch, alles irritiert ihn. Also verstumme ich. Aber das ist bestimmt nicht die Lösung! Oder soll ich warten, bis er sich gefangen hat? Er weiß wahrscheinlich selber nicht, wie er aus dieser Situation herauskommt. Wie viel Geduld er doch uns Erwachsenen abverlangt!*" So saßen sie nebeneinander auf einer Bank, schauten den unzähligen streunenden Katzen oder den herumflatternden Tauben hinterher. Bis er auftaute. Bis er sich entschuldigte, die Oma liebevoll umarmte. Alles verflogen. Alles wieder gut.

Andrea fühlte sich an die letzte Nacht in Frankfurt

erinnert, jene, in der er nicht zu weinen aufhören wollte oder konnte. Überfiel ihn diesmal wieder die Angst vor der Heimkehr? Vor dem Zuhause, vor der Schule oder vor beidem? Sie hoffte, diese Anfälle würden eines Tages nachlassen, verschwinden, wahrscheinlich mit dem Ende der Pubertät. Aber vielleicht steckte mehr dahinter als nur diese schwierige Entwicklungsphase. Einige Zeit würde sie sich noch gedulden müssen, bis des Rätsels Lösung offen zu Tage treten würde.

Buenos Aires

„I love you! I'm so happy!", sagte der kleine Philipp zu seiner Großmutter Andrea und bewegte kräftig seine Arme im Wasser. Die Schwimmflügelchen gaben dem Anderthalbjährigen die nötige Sicherheit, um im Swimmingpool nicht unterzugehen. Dabei strahlte er über das ganze Gesicht! *„Er ist gut gediehen"*, gestand sich Andrea. *„Dass Sandra ihn ein ganzes Jahr lang gestillt hat, macht sich bemerkbar. Auch wenn er derzeit eventuell ein wenig Übergewicht hat, das verschwindet ganz sicher in Bälde. Bei meinen Kindern war es ebenso: Durch meine gute Muttermilch waren sie etwas mollig. Aber schnell war das Überschüssige weg – bis zum heutigen Tage! Was aber mit Sicherheit Bestand hat, das ist die Gesundheit! Bewirkt durch die Abwehrstoffe der Eigenproduktion, davon bin ich überzeugt!"*

Sichtlich genoss Philipp diesen Aufenthalt mit seiner Mutter in der großelterlichen Villa. Es handelte sich um eine Stippvisite, die nicht länger als zwei Wochen andauern sollte. Eine willkommene Unterbrechung der winterlichen Temperaturen in der nördlichen Halbkugel. In Buenos Aires hingegen herrschte die mächtige, wärmende Sonne am immerwährenden blauen Sommerhimmel.

„I love you too!", erwiderte Andrea prompt mit einem Lächeln auf den Lippen, das aber umgehend verschwand. *„El tiempo pasa demasiado rápido"*, dachte sie. *„Bald wird er mir entrissen! Bald bleibt nur noch die Erinnerung an seine Anwesenheit in meinen Gemäuern!"* Das Herz blutete ihr, bevor das Kind überhaupt in die Ferne zurückgekehrt war. Allein der Gedanke an die Trennung trieb ihr die Tränen in die Augen. Und wie neidisch wurde sie auf die andere Großmutter, jene, die, in der gleichen Stadt wohnhaft wie er, nur wenige Kilometer von seiner Bleibe entfernt, häufig Umgang mit ihm haben konnte! Andrea hingegen erdrückte die Gewissheit, dass

sie ihren Liebling in den nächsten Jahren kaum würde besuchen können. Mit ihrem an COPD, einer chronischen obstruktiven Lungenerkrankung, leidenden Ehemann Raul konnte sie unmöglich in die USA fliegen. Die dortigen Kosten für einen eventuellen Krankenhausaufenthalt hätte sie in den Ruin getrieben. „*Completely out of the question*", pflegte sie kopfschüttelnd zu antworten, wenn die Möglichkeit einer Reise nach San Francisco angesprochen wurde. „*Keinerlei Krankenversicherung deckt dort die Gebühren einer Internierung im Falle einer bestehenden Vorerkrankung.*" Deswegen hatte sie auch den Entschluss gefasst, ohne Raul, d. h. alleine zur Hochzeitsfeier ihrer Tochter Sandra zu fliegen. Diese sollte zwei Monate später in San Francisco stattfinden. „*It's hard, I know*", fügte sie leitmotivisch hinzu. „*But no way!*" Es war beschlossene Sache, dass sie in den folgenden Tagen ein einziges Ticket kaufen würde. Raul fügte sich in sein Schicksal. „*Paciencia!*", blieb sein einziger Kommentar. Oft genug hatte er sich anhören müssen, dass ja er selber schuld an seiner Erkrankung trage: „*Pourquoi n'as-tu pas arrêté de fumer quand les docteurs te le répétaient constamment?*" Als Antwort folgte ein Nicken und meist ein Hustenanfall, der befürchten ließ, er würde die halbe Lunge ausspucken. Seine Umgebung erschauderte, erstarrte, stockte die Atmung, als wolle sie ihm den im Raum vorhandenen Sauerstoff überlassen. Er hörte sich an wie ein Todgeweihter, aber dank des Inhalationsgeräts hielt er sich wacker.

Die Tage vergingen wie im Fluge; Andrea versuchte, sie festzuhalten, aber sie entglitten ihr. Jede Stunde, jede Minute verbrachte sie mit Philipp, sodass sie abends erschöpft ins Bett fiel. Sogar ihre Träume waren gefüllt mit den alltäglichen Erlebnissen im Beisein des Kleinen. Am Abschiedstag spendete ihr einzig der Gedanke an die baldige Hochzeit, an die einwöchige Zusammenkunft mit dem Jungen, Trost. Während sich Philipp ungehemmt auf das Wiedersehen mit seinem Vater Ken freute, unterdrückte Andrea den aufkommenden heftigen Tränenfluss.

Zwei Wochen später, an dem Tag, an dem Andrea ihr Ticket in die USA besorgen wollte, klingelte das Telefon. Sandra am Apparat. Weinend, heulend! *„May I come to your place? Ich werde nicht heiraten! Er ist nicht der richtige! Es wäre der größte Fehler meines Lebens!"* „Pero claro, cariño"; was wird eine Mutter ihrer verzweifelten Tochter auf der anderen Erdhalbkugel, tausende von Kilometern entfernt, anderes antworten! Und binnen kurzem hatte Sandra die zwei Flugscheine besorgt, schnell das Wichtigste eingepackt und sich zitternd in den Flieger gesetzt. Andrea wurde nun klar, dass für Sandra die zwei Wochen Weihnachtsurlaub bei ihnen in Buenos Aires als Test gegolten hatten. Sie dienten der Auskundschaftung der Lebensverhältnisse der Eltern, zum Abwägen, ob Sandra in einem sicheren Hafen landen würde, falls sie Ken tatsächlich verlassen sollte. Sie hatte zwar nichts von ihren Zweifeln erwähnt, hatte immerzu von den Hochzeitsvorbereitungen, der Gästeliste, dem Menü gesprochen, hatte ihr Unwohlsein verdeckt, vertuscht, nicht einmal der Mutter ihr Innerstes preisgegeben. Ja, die Mutter trug eh schon eine schwere Last mit dem kranken Ehemann. Sie sollte nicht noch mehr erleiden. Sandra war offensichtlich zu dem Schluss gelangt, dass die erstmalige Rückkehr zu den Eltern als Übergangslösung in dieser Situation, in der sie selber keinen Verdienst, sondern im Gegenteil hohe Kosten verursachen würde, für sie mit dem Kinde die beste darstellte.

Währenddessen lag Andrea nicht auf der faulen Haut. Sie griff zum Telefon. Erkundigte sich nach einem im internationalen Recht erfahrenen Rechtsanwalt. Seine präzise Auskunft: *„Dass Ihre Tochter die alleinige Erziehungsberechtigte ist, stellt zwar einen Vorteil dar. Aber: Wenn ein amerikanisches Gericht eine Kindesentführung anerkennt und Philipps Rückführung zu seinem Vater fordert, dann wird er im schlimmsten Falle von der hiesigen Polizei* zum *Flughafen gebracht. Unser Land hat diesbezüglich die Den Haager Konvention ratifiziert! Da geht kein Weg dran vorbei!"* Seine Worte waren keine Beruhigungspille für Andrea, ganz im Gegenteil! Denn Ken könnte Sandra wegen Kindesentführung verklagen. Hinter seinem Rücken hatte sie den Sohn außer Landes geführt. Dies war unrechtmäßig. Es wurde deutlich, dass harte Zeiten vor ihnen lagen. Kampf um das Kind würde bestimmt entstehen. Es blieb ihr nichts anderes übrig, als sich bereit zu erklären.

Dann tätigte sie andere Telefonate. Sie unterrichtete ihre vier Geschwister, dass Sandra mit Philipp nach Buenos Aires zurückkehre. Michael war der Einzige, der nicht nach den Beweggründen fragte: *„Sandra tendrá sus motivos. Es steht uns nicht zu, nach ihren Motiven zu fragen oder sie überhaupt infrage zu stellen."* *„Welch noble Haltung"*, sagte sich Andrea. Sie wusste, dass Michael sich nicht in die Angelegenheiten anderer einmischte. Er zog es vor, auf Distanz zu gehen, was leider auch eine gewisse Kälte, ein leichtes Desinteresse, große Vorsicht beinhaltete. *„Dios santo! Die Reaktionen der restlichen Familienmitglieder werden nicht lange auf sich warten lassen!"*, dachte sie traurig für sich, denn sie würden bestimmt nicht so günstig ausfallen.

Es war Philipp anzusehen, dass er nicht richtig verstand, warum er schon wieder in diesem Hause angelangt war. Man bemühte sich, einen normalen Alltag vorzutäuschen, aber die Angst, der Vater möge unversehens in Erscheinung treten, verließ die Frauen nicht. Wie würde er reagieren, wenn er feststellte, dass seine Lebenspartnerin, seine künftige Ehefrau, mit seinem Sohn getürmt war? Es dauerte nicht lange und er meldete sich telefonisch bei Andrea. *„Well, ich habe keine Ahnung, wo Sandra sein könnte. Ist sie vielleicht zu irgendeiner Freundin in San Francisco gefahren?"*, erwiderte ihm Andrea im ernsten Tonfall. Man musste Zeit gewinnen. Das hatten sie sich als Strategie ausgedacht. Raul stand diesem Matriarchat skeptisch gegenüber. Er hieß ihre Handlungsweise nicht gut: „*Caramba! Da habt ihr einen schönen Schlamassel angerichtet!*" Dem hatten die Damen nichts entgegenzusetzen, nur viele Anrufe mit Anwälten, auch in den USA. Letzter verlangte Vorkasse! Amerikanischer Habitus halt!

Was für die Damen sprach, war die Tatsache, dass Ken nicht über genügend Bargeld verfügte, um das gleiche zu tun, d. h. um die Anwaltsforderungen im Vorhinein zu begleichen. Sie erfuhren, dass er eine Spendenaktion organisierte, dass er sich als betrogenen, leidtragenden, nichtsahnenden, hinters Licht geführten Vater darstellte. Es gelang ihm, seine Mitmenschen zu rühren und gewisse Summen einzusammeln. Dennoch hatte er bei seinem Anwalt nicht die richtige Wahl getroffen. Um eine Kindesentführung vor dem internationalen Gerichtshof in Den Haag geltend zu machen, steht dem Kläger die Frist eines Jahres zur Erhebung einer Anklage zur Verfügung. Ansonsten herrscht die Meinung, man trauere dem Kind nicht wirklich nach, denn man habe sich ja nicht beeilt, es wieder zu bekommen. Also war schließlich der Faktor Zeit derjenige, der Philipps Schicksal besiegeln sollte.

Es standen Mutter und Großmutter schwierige Monate bevor, in denen Telefonate geführt oder Mails an die verschiedenen Rechtsanwälte verschickt wurden, in Buenos Aires, nach San Francisco und sogar nach Deutschland, denn der Weg dorthin sollte für eine eventuelle Rückkehr Sandras mit Kind offenstehen, rechtlich abgesichert sein. Die Kosten stiegen gewaltig in die Höhe, ebenso der Adrenalinspiegel der beiden Frauen, sobald das Telefon klingelte. Sie besprachen gemeinsam die Anwaltstexte, eigneten sich unwillkürlich das juristische Vokabular an, das ihnen anfänglich mit seinen Eigentümlichkeiten starkes Kopfzerbrechen bereitet hatte. Nicht dass das Erlernen dieses neuen Fachgebietes sie mit Stolz erfüllte, es handelte sich einfach um eine erforderliche Notwendigkeit.

Zur Gerichtsverkündung wurde dann Ken nach Buenos Aires bestellt. Die Frauen schirmten Philipp ab, ließen ihn keinen Augenblick alleine, hüteten ihn wie ihren Augapfel, hätten ihn auf der Straße am liebsten mit einer Schnur an sich gebunden, solche Angst hatten sie vor einer Entführung durch seinen Vater. Dann wäre der lange Kampf umsonst gewesen, dann hätten sie wieder von vorne beginnen können, aber mit entgegengesetztem Vorzeichen. Ob ihr Nervenkostüm so etwas aushielte?

Philipp wurde der Mutter zugesprochen, aber er sollte seinen Vater zweimal im Jahr besuchen. Das erste Mal begleitete Sandra ihn, verweilte die drei Wochen bei einer Freundin in San Francisco, litt unbeschreibliche Angstzustände, litt unter der Unsicherheit, ihr Kind wiederzubekommen. *„Die Greencard aus meiner Studienzeit in San Francisco ist längst abgelaufen! Jetzt bin ich als Touristin hier. Wenn Ken mir also das Kind nicht aushändigen will, ist meine rechtliche Lage äußerst schwierig, eher aussichtslos!"*, befürchtete Sandra. Auch Andrea blieb nicht von Ängsten verschont. Obwohl sie stets von sich behauptete, sie sei Atheistin, erbat sie ergebenst den Himmel um seine Hilfe! Alles lief gut. Wohlbehalten nach Buenos Aires heimgekehrt, sollte nun Philipp zweimal in der Woche mit dem Papa über Skype kommunizieren. Wie soll man aber ein kleines Kind vor dem Computer festzurren? Immer wieder stieg er vom Stuhl, musste zurück kommandiert werden. *„I wanna play!"*, schrie er zwischendurch. Die Frauen wollten aber ihren guten Willen demonstrieren, ihre Unterstützung offenlegen und orderten ihn vor den Laptop. Ein Gezerre, das oft in Geschrei und Tränen endete.

Derweil bemühte sich Sandra über das Internet um eine Arbeitsstelle. Die Suche gestaltete sich schwierig. Im Grunde genommen wollte sie nach Deutschland, aber in der Zwischenzeit probierte sie einige Angebote vor Ort aus. Es gelang ihr nicht, eine konstante, ihr genehme Stelle zu finden. Sie wechselte mehrmals voller Elan den Arbeitgeber, aber ein bleibender Erfolg stellte sich nicht ein. Währenddessen besuchte Philipp einen Kindergarten, in dem er auch im einfachen Gebrauch von Computern unterrichtet wurde. In Buenos Aires war es gang und gäbe, die 4- bis 6-Jährigen in das Computerwesen einzuführen. Natürlich genossen sie auch Schwimmunterricht unter anderen Sportarten. Sie wurden in ihren jungen Jahren sowohl gefordert wie gefördert. Vor Schulbeginn konnten schon alle Kleinen lesen und schreiben. Dies war eine Selbstverständlichkeit, sodass Sandras erst kürzlich in Argentinien eingetroffene deutsche Freundin es mit der Angst zu tun bekam: *„Wie soll das meine Tochter schaffen? Wir sind hier gerade aus Deutschland angekommen und drüben hat sie im Kindergarten praktisch nur spielen dürfen – oder vielleicht sogar sollen! Nun wird sie eingeschult und alle anderen sind ihr voraus! Sie wird leiden! Ich werde sie stark unterstützen müssen, damit sie auf den Stand der anderen gelangt. "* Aber die Sorgen der Mutter waren unbegründet. In Windeseile holte ihr Kind die erwarteten Kenntnisse auf, keine Lücken, kein Nachteil im Vergleich zu den einheimischen Kindern sichtbar. Was sollte das bedeuten? War das frühe Erlernen des Lesens und Schreibens im Kindergarten gar nicht vonnöten? Eventuell sogar kontraproduktiv? Waren der Druck, das Stillsitzen am Platze, die Konzentration gar schädlich? Auf jeden Fall trafen zwei komplett unterschiedliche Erziehungsmethoden aufeinander: Die deutsche aufs Spielen und die argentinische aufs frühe Lernen ausgerichtete. Beide führten anscheinend zum gleichen Ergebnis, zum Erfolg.

Philipp nahm an allen Tätigkeiten im Kindergartenalltag, der gewöhnlich bis 16 Uhr andauerte, mit Begeisterung teil, hatte Freunde und erlernte schnell die spanische Sprache. Es handelte sich um die dritte in seinem frühen Alter, denn mit seinem Vater redete er Englisch, mit der Mutter Deutsch und nun auch noch die Landessprache Argentiniens. Alle drei akzentfrei und korrekt. Im Allgemeinen sagt man, dass Kinder problemlos Sprachkenntnisse erwerben. Er stellte ein gutes Beispiel dafür dar. Dieses Lernen schien ihn keinesfalls zu überfordern. Er hielt die Sprachen auseinander, wusste, bei wem er die eine bzw. die andere anwenden musste. War er ein Sprachgenie?

Philipp war ein ruhiges, angenehmes, fügsames Kind ohne Auffälligkeiten. Er war weder streitsüchtig noch unkontrolliert. Zweimal im Jahr flog er pflichtgemäß zu seinem Vater. Er schien diesen Rhythmus gut zu verkraften. Man merkte ihm keine Macken, keine Verhaltensstörungen an. Ganz im Gegenteil: Von Aggressivität oder Schüchternheit keine Spur; er sprach Unbekannte auf dem Bürgersteig an, grüßte freundlich Fremde und fand ein geruhsames Hobby: Das Angeln! Er setzte sich mit einer einfachen Ausrüstung stundenlang an ein Flussufer, ließ sich von den Stechmücken und Fliegen nicht aus der Ruhe bringen, während seine Begleitperson schon längst Reißaus genommen hätte. Er hatte auch keinerlei Hemmungen, sich anderen Anglern zu nähern, mit ihnen ins Gespräch zu kommen. Manch einer reagierte genervt, antwortete kein einziges Wort, in der Hoffnung der Störenfried würde so aufs schnellste verschwinden; es waren Einzelgänger, die Ruhe benötigten, die mit dem jungen Burschen nichts anzufangen wussten; andere hingegen freuten sich über diesen jungen Anhänger ihres eigenen geliebten Zeitvertreibs, teilten entzückt ihr Wissen mit dem neuen Adepten. So sah man ihn des Öfteren neben unbekannten Herren Platz nehmen, meist Rentner, mit ihnen in ein Gespräch vertieft oder ganz einfach voller Zufriedenheit in die Ferne blickend. Ein Bild der Erreichung vollkommenster Harmonie und Glück im Diesseits, des Nirwana.

Unterdessen verlief das Leben der vier in ziemlich geregelten Bahnen, obwohl Sandra am liebsten mit Philipp in eine eigene Wohnung gezogen wäre. *„¿Y con qué dinero, querida?"*, fragte sie Andrea, denn Sandra lag ihr nach drei Jahren immer noch auf der Tasche. Bis der von Sandra ersehnte Tag eintrat! Sie erhielt ihren Traumjob! In Frankfurt! Sie siedelte um und bat Andrea mit Raul als Unterstützung für

Philipp nachzukommen.

Die Hausaufgaben

Umzug nach Frankfurt. Der Alltag für eine alleinstehende berufstätige Frau mit Anhang nicht gerade einfach: Kind im Kindergarten abliefern, in die Arbeit eilen, nach Dienstschluss es abholen, noch schnell die Einkäufe tätigen und zuhause den bekannten Rest erledigen. Die Tage bzw. Wochen bis zu Andreas Eintreffen in Frankfurt verwandelten sich für Sandra in eine gewaltige Geduldsprobe. *„Wie kriegen das die anderen Mütter hin?"*, fragte sie sich. *„Nicht alle werden die Hilfe eines Elternpaares in Anspruch nehmen können! Gott sei Dank ist Philipp robust, hat nie einen Schnupfen oder sonstige Leiden! Aber was macht man bei einer Krankheit des Kleinen? Dafür stehen einem pro Jahr eine gewisse Anzahl an freien Tagen zu, aber ob die reichen?"*

Sandra hatte Philipp für den Herbst in der Grundschule angemeldet. Trotz seines zarten Alters von fünfeinhalb Jahren beherrschte er ja nach dem dreijährigen Besuch des argentinischen Kindergartens bereits das Lesen und Schreiben. Aufgrund dieser frühen Einschulung sollte er aber die Nachmittage nicht zusätzlich in der Anonymität eines Hortes verbringen, sondern in der warmen häuslichen Umgebung von Oma und Opa eingebettet sein. Per Zufall fand Andrea eine Wohnung im gleichen Gebäude wie Sandra, sodass die Betreuung problemlos zu bewältigen war. *„¡Qué suerte!"*, dachte Andrea voll Freude. Sie würde auf diese Weise das Heranwachsen ihres Enkels aus nächster Nähe verfolgen können. Sie dachte an jene Zeit zurück, in der sie sich vor der Trennung von ihm gefürchtet hatte, damals als sein gewöhnlicher Wohnsitz noch San Francisco gewesen war. Sie hatte gewonnen! War das tatsächlich so?

Für Philipp bedeutete es den zweiten großen Umzug: Von Argentinien nach Deutschland, also von Südamerika nach Europa, nachdem er bereits von den USA nach Argentinien, also von Nordamerika ins ferne Südamerika, gezogen war. Ein Weltenbummler, gerade mal fünfeinhalb Jahre alt! Das machten ihm die Klassenkameraden nicht so schnell nach! Am besten man erwähnte es nicht, um keinen Neid zu schüren. Das Anderssein kommt bei den Mitschülern nicht unbedingt gut an.

Nach dem Schultütentag, nach der ersten Eingewöhnungsphase begann für die Schulkinder der Ernst des Lebens, d. h. nach dem Aufpassen im Unterricht zusätzlich die Erledigung der Hausaufgaben zuhause. Diese wurden allerdings nicht zum Zuckerschlecken! Nicht für Andrea, die Philipp nach dem Mittagessen noch eine halbe Stunde Pause gewährte, und dachte, er würde umgehend bemerken, dass eine schnelle Verrichtung des Pensums – zu Anfang eh sehr geringen Ausmaßes – zu mehr Freizeit führen würde. Somit ließ sie die erste Woche ohne Druck verstreichen, musste aber feststellen, dass sich in der zweiten keine Besserung, also keine Bereitschaft zum Hinsetzen, sich konzentrieren und bei der Sache bleiben einstellte. Philipp stand immer wieder auf, griff nach seinem Spielzeug, weigerte sich, an den Tisch zurückzukehren. Andrea verzweifelte. Der nach einem langen Arbeitstag ermüdeten Mutter wollte sie nicht zusätzlich die Kontrolle der Hausaufgaben ihres Sohnes auferlegen. Andrea sah es als ihre Pflicht an, Philipp mit zu Ende geführten Aufgaben nachhause zu schicken. Es gelang ihr nicht immer. Sie versuchte es mit Zureden, mit Belohnung, mit Bestrafung. Nichts half! Der Junge schrieb mal hier, mal da ein paar Worte, und schwuppdiwupp war er schon unterwegs! Sie lud Klassenkameraden zum Mittagessen inklusive Hausaufgabenerledigung plus anschließendem Spielen ein, in der Hoffnung, dass die Begleitung zu mehr Einsatz führe. Der Erfolg war mäßig.

Andrea fragte sich nun, ob Philipp zu jung und verspielt für den Schulalltag war. Sie erinnerte sich an die Worte der Schulpsychologin, die ihn getestet hatte: *„Wahrscheinlich schafft er den Beginn, aber mit den Jahren* *wird es ihm an Reife fehlen. Der Altersunterschied mit den Kameraden wird ihm das Verständnis für bestimmte Sachlagen erschweren."* Nun stellte sich heraus, dass er nicht einmal den Anfang meisterte! Andrea bereute es, Sandra zur frühzeitigen Einschulung geraten zu haben. Sie hatte an ihren eigenen Sohn zurückgedacht, der souverän die gesamte Schullaufbahn absolviert hatte; auch er hatte mit fünfeinhalb die erste Klasse begonnen. *„Jedes Kind ist halt anders! Man kann nicht von dem einen auf das andere schließen! Voilà!"*

Schlussendlich schaffte Philipp das erste Schuljahr, obwohl im Zeugnis üblicherweise die Versetzung nicht einmal Erwähnung findet. Er fühlte sich wohl im Klassenverband, hatte ohne Weiteres Anschluss gefunden, in seinem Herzen – *„so groß wie ein Hotel!"*, pflegte Andrea zu sagen – auch die erste Liebe zu seiner Sitznachbarin empfunden. Aber es half nichts! Er wurde wieder herausgerissen aus seiner frisch errungenen Sesshaftigkeit. Sandra trat eine neue Stelle an, im Ausland, in Frankreich. Es ging nach Lyon. Für sie als Chemikerin eine gute Chance, im wissenschaftlichen Bereich weiterzukommen. Wie es für Philipp aussah, danach fragte die alleinerziehende Mutter nicht. Ihre Verantwortung sah sie in erster Linie auf dem finanziellen Gebiet. Sie war die Ernährerin, die inzwischen einen neuen Lebenspartner ausfindig gemacht hatte. Gemeinsam mit ihm wollte sie wegziehen. Und Oma und Opa? Nein, die waren nicht mehr gefragt, nicht mehr vonnöten. Ein Schock für Andrea. Wurde sie nur gerufen, wenn gebraucht? Dann einfach ad acta gelegt? Sie fühlte sich verletzt, im Stich gelassen, vor vollendete Tatsachen gestellt. Aus dem Nichts, von einem Tag auf den anderen war Fritz aufgetaucht. Andrea verstand die Welt nicht mehr. Ihr Paradieszustand mit einem Hieb beendet. Das Liebste in ihrem Leben, aus ihrem Dasein, praktisch ihrem Körper entrissen! Philipp würde nicht mehr alltäglich mit seinem wonnigen Gesicht bei ihr auftauchen, mit seinem unschuldigen Lächeln vor der Tür stehen. Der Boden unter

Andreas Füßen schien zu wanken. *„Aber nein! Ich muss mich fangen! Was soll das? Es ist ihr Kind, nicht meins! Sie muss an die Zukunft beider denken, vorwärtskommen. Ich muss verstehen. Ja, und loslassen! Ich werde meinen eigenen Weg schon finden. "*

So einfach gestaltete sich dieser Weg leider nicht, obwohl Andrea der Meinung war, sie habe sich und die neue Situation gut im Griff. Warum fühlte sie sich dann unwohl, sodass sie sich sogar übergeben musste? Und danach? Warum musste sie sich erschöpft hinlegen, kam nicht zu Kräften? Die Hausärztin gab ihr eine Überweisung zum Gastroenterologen. Diagnose? Ein Helicobacter samt Magengeschwür. *„Hatten Sie denn keine Schmerzen verspürt?"*, wurde sie gefragt. Nein, nicht im Geringsten! Ein Antibiotikum leistete Abhilfe. Hatte ihr Seelenzustand eine Auswirkung auf ihr Abwehrsystem gehabt? Sollte sie diese Krankheit als Warnung wahrnehmen, in Zukunft die Oberhand über ihre Gefühlswelt zu bewahren? *„Ich darf die Kontrolle über meine Empfindungen nicht vernachlässigen. Aber wie schafft man das?"*, fragte sich Andrea verunsichert. Sie wusste nun von ihrer Schwäche. Bei einer neuen Verletzung würde sie besser auf ihr Inneres hören müssen.

Zur Ablenkung stürzte sich Andrea nun in neue Beschäftigungen, engagierte sich in der Flüchtlingshilfe, gab hier und da in verschiedenen Fächern Nachhilfeunterricht, aber vor allem fand sie endlich die Zeit, sich um die anderen Enkelkinder zu kümmern. Diese wohnten ebenfalls in Frankfurt, gar nicht weit von ihrer Wohnung entfernt, nur hatte sie sich ihnen kaum jemals widmen können. Das sollte sich nun schlagartig ändern. Da beide Eltern arbeiteten, häuften sich die Telefonate mit Hilferufen wie: *„Mama, für mañana hat die Gewerkschaft mal wieder einen Streik ausgerufen. Die Kindergärtnerinnen schließen sich dem an! Könntest du dich Zacharias annehmen?"* Oder: *„Emil liegt mit einem heftigen Husten und Fieber darnieder. Er kann in diesem Zustand* *unmöglich in die Schule. Wäre es möglich, dass er den Tag bei euch, am besten im Bette, verbringt?"* Andrea war immer bereit. Sie sagte Termine ab, disponierte um, wehrte nie ab. Die Bekanntschaften wussten Bescheid: Die Familie ging vor. Alles andere war nebensächlich. Manch eine Freundin verstand die Lage sehr gut, denn auch sie handelte nach der gleichen Devise: Enkel first!

Andrea genoss die neue Aufgabe, war froh, endlich zu den beiden anderen Kleinen ein Verhältnis aufzubauen, das sie ja nicht absichtlich, sondern aus Zeitgründen nicht hatte pflegen können. Langsam wuchs das Vertrauen der Jungen in die ihnen fast unbekannten Großeltern. Eins war Andrea dennoch sehr bewusst: Sie musste sich an die Erziehungsregeln ihres Sohnes Axel und seiner Ehefrau Leonore halten, denn während ihre Maßnahmen mit denen Sandras übereinstimmten, unterschieden sie sich deutlich von denen Axels und ihrer Schwiegertochter. Von ihren Freundinnen übernahm sie die weise Vorgehensweise, sich in nichts einzumischen, Geduld zu üben, auch wenn ihr der Sachzustand missfiel, dem bösen Spiel gute Miene zu präsentieren, sozusagen Enthaltsamkeit der Meinung zu praktizieren. Mit diesem Standpunkt bestand sie die Prüfung der jungen Eltern, obwohl ihr sehr wohl klar war, dass anlässlich eines kleinen Fehlers die Stimmung kippen konnte. Sie gewöhnte es sich an, Glacéhandschuhe zu tragen, Vorsicht walten zu lassen, um die ungeschriebenen Erziehungsgesetze des jungen Elternpaares nicht zu überschreiten. Es fühlte sich manchmal für sie so an, als tanze sie auf Eiern. Aber es gelang ihr, angenehme Stunden mit den beiden Kindern zu verbringen.

Es blieb nicht aus, dass Sandra ihrer Mutter bedurfte und sie bat, Philipp in Lyon zu betreuen, weil sie selber eine längere Geschäftsreise antreten musste und Fritz sich seinerseits einen Urlaub gönnte. Freudig ergriff Andrea die Gelegenheit und fuhr mit Raul ins Nachbarland. Sie stellte fest, dass Philipp nicht einfacher geworden war; sie fragte sich, ob Fritz ihn im Griff hatte oder ob auch unter seiner Aufsicht die gleichen Schwierigkeiten bei der Erledigung der Hausaufgaben auftraten. Dass Fritz seine Vaterrolle nicht nur ernst nahm, sondern obendrein mit Bravour erfüllte, war unübersehbar. Philipp zollte ihm nicht allein Respekt, er liebte ihn offenkundig! Manchmal stritten beide miteinander, und zwar nicht wie Vater und Sohn, sondern wie zwei ebenbürtige Brüder! Ein klarer Beweis für ihre innige Beziehung. Und auch nach einer mehrtägigen Abwesenheit des Stiefvaters begegnete ihm Philipp sichtlich erfreut. Dem Kinde war seine Zuneigung, sein Glücksempfinden ins Gesicht geschrieben. Fritz wirkte nicht selten als Katalysator zur Mutter, die manchmal genervt und erschöpft von der Arbeit am Abend nicht die nötige Geduld für ein anstrengendes Kind aufbrachte.

Im Alltag in Lyon wiederholten sich bei der Erledigung der Hausaufgaben die bereits in Frankfurt erlebten Schwierigkeiten. Nun begehrte Philipp sogar auf: *„Non, je ne veux pas! Diese Seite im Mathebuch brauche ich gar nicht zu machen. Die Lehrerin meinte, die erste Aufgabe genüge, der Rest sei nicht so wichtig."* So versuchte er, sich herauszureden, das häusliche Pensum auf ein Minimum zu reduzieren. *„Wie soll ich denn wissen, ob er mich anlügt oder ob es stimmt? Schaden würde es ihm natürlich nicht, wenn er ein wenig zusätzlich übt. Ich gebe auf!"*, sagte sich Andrea, die ohnehin in Frankfurt immer wieder daran gewesen war, aufgrund von Philipps Widerstand gegen die Verrichtung der Hausaufgaben das Handtuch zu werfen. Noch schlimmer: Oft hatte sie sich eingestanden, ein zweites Schuljahr mit Philipp würde sie nervlich nicht überstehen. Und nun saß sie ihm gegenüber, mal wieder machtlos, waffenlos. Er blieb stur. *„Aber toll, wie er Französisch gelernt hat. Unglaublich! Nun beherrscht er die vierte Sprache neben Englisch, das er mit dem Papa in den USA spricht, Deutsch mit Fritz und seiner Mutter, Spanisch mit Raul und mir! Vielleicht sollten wir uns damit zufriedengeben!*

Vielleicht reicht erstmal der Erwerb von vier Sprachen für das Kindergehirn! Mehr zu verlangen, wäre übertrieben. Und die zweite Klasse schafft er obendrein auch! Sie hatten ihn zur Probe aufgenommen, aber es sind ja offensichtlich keine Schwierigkeiten aufgetreten. Chapeau!", tröstete sich Andrea und sah voll Bewunderung auf das kleine sprachliche Multitalent. War er überlastet durch diese Leistung? War es ihm bewusst, dass er eine Ausnahmefigur darstellte?

Am Nachmittag setzte sich Andrea mit Philipp auf den Balkon und sie lasen sich gegenseitig vor. Sie hatte zum *Harry Potter* gegriffen, da Philipp schon mehrere Bände verschlungen hatte – selbstverständlich in der Originalsprache Englisch! Er war ein enthusiastischer Leser. Jeder las eine Seite und übergab dann das Buch dem anderen. Und Andrea verstand jetzt erst den Hype, den das Werk ausgelöst hatte, warum es von Jung und Alt so hoch angesehen war! Allein mittels der Lektüre mit ihrem Enkel! Sozusagen durch ihn gebildet! Sie schaffte es, Philipp dazu zu bewegen, auch in den folgenden Tagen eine Stunde gemeinsam zu lesen.

Eines Nachmittags wurde er bockig. Er wollte nicht auf Andrea warten, um zum Mannschaftsfußball zu marschieren. Er lief ihr einfach davon, bis sie ihn einholte und rügte. Er verzog sein Gesicht, verschloss seine Gedanken hinter Schloss und Riegel. Ließ nicht in sich hineinschauen. Andrea verstand ihn nicht, nicht was ihn bewegte. *„Vermisst du die Mama?"*, fragte sie ihn vorsichtig. *„Was hast du denn? Was ist jetzt in dich gefahren?"* Keinerlei Antwort. Schmollender Mund, finsterer Blick. Kein Weg, keine lieben Worte führten in sein Inneres. Also gingen sie wortlos bis zum Trainingsplatz. Dort beobachtete Andrea sein Spiel, seine Teilnahme in der Gruppe. Er bewegte sich kaum, ließ den Ball an ihm vorbeilaufen, schien abwesend zu sein, nicht bei der Sache, gedanklich woanders. *„Komisch!"*, beobachtete Andrea. *„Allem Anschein nach verwundert es die anderen nicht, dass er kaum mitmacht, dass der Kampf um den Ball ihn kalt lässt. Also ist es kein*

Ausnahmeverhalten, wie ich es mir vorstellte, nein, er benimmt sich immer derart. Das Gerenne hinter dem Ball interessiert ihn nicht im Geringsten und deswegen wollte er nicht, dass ich dabei bin. Deswegen seine schlechte Laune! Er wollte nicht, dass man die Wahrheit entdeckt, nämlich, dass er dieses Spiel verabscheut. Wie kompliziert doch die menschliche Seele ist! Anstatt offen zu erklären, dass er nicht mehr an dieser sportlichen Betätigung teilnehmen möchte, einfach ein langes Gesicht! Er gehört hier nicht her! That's it! So simple! Ich werde es mit seiner Mutter besprechen müssen!"

Philipp verriet Andrea ihre Beobachtung nicht. Aber in seinem Zimmer angelangt, bemerkte sie zu ihm: *„Wow! Quelle vue! Ist dir bewusst, wie privilegiert du hier wohnst? Blick auf die fernen Berge! Auf das Juragebirge. Das hat nicht ein jeder! Und vor allem steht es dir jeden Tag zur Verfügung!" „Ach ja? Really? War mir gar nicht aufgefallen. Meinst du wirklich?"*, antwortete der verwunderte Junge. *„Of course! Vielleicht wirst du es erst vermissen und wertschätzen, wenn du woanders wohnst, wenn es dir genommen sein wird. Na ja, dann wird es durch etwas anderes ersetzt sein! – hoffe ich zumindest."* Andrea war es klar, dass dieser paradiesische Zustand nicht von Ewigkeit gekrönt sein, dass Sandras unstetige Lebensweise anhalten würde. Ein weiterer Umzug würde mit Sicherheit nicht lange auf sich warten lassen.

Pandemie

„2020 soll ein besonderes Jahr werden!", meinte Sandra. *„Ich nehme mir drei Monate ein Sabbatical, um meine Doktorarbeit zu Ende zu schreiben und Philipp verbringt mittlerweile ein Schuljahr bei seinem Vater in den USA. Auf die Weise lernt er das amerikanische Lernsystem kennen. Vielleicht gefällt es ihm, sodass er dort später sein Studium absolviert."* Diese verhängnisvollen Worte sprach sie im Februar aus, aber einige Wochen danach erklärte die Weltgesundheitsorganisation die inzwischen durch das Coronavirus erzeugte Infektionskrankheit zur Pandemie. Solch eine Bezeichnung brachte schwerwiegende Konsequenzen mit sich. Sie bedeutete ein Freibrief für die Regierungen, drastische Maßnahmen zur Bekämpfung bzw. Eindämmung des Virus einzuführen. Das Leben auf dem Planeten war lahmgelegt. Alle Pläne, nicht nur die Sandras, sondern jene der meisten Erdenbewohner schlagartig über den Haufen geworfen. Wer in fernen Ländern weilte, beeilte sich, auf kurzer oder langer Route in die Heimat zurückzukehren, denn man musste befürchten, aufgrund strikter Quarantänevorschriften für eine unbestimmte Zeit in der Fremde festgehalten zu werden. Obendrein wurden unvermittelt Flughäfen geschlossen; Grenzen waren nicht mehr passierbar. Die durch die Flieger normalerweise verursachten Kratzer am Himmel, die weißen Kondensstreifen, verschwanden; es wurde auch auf den Straßen ruhig; man verweilte zuhause, sollte keinen Besuch empfangen, fern bleiben von anderen Menschen. Strafen wurden für Unterlassungen verhängt. Mundschutz war angesagt, um der Übertragung des Virus Einhalt zu bieten. Die Isolation als sicherste Möglichkeit, um dem kleinen Wesen nicht zu begegnen, einer Ansteckung zu entgehen. Neudeutsche Ausdrücke wie Homeoffice und Homeschooling fanden

Eingang in das alltägliche Vokabular, passten besser in die moderne Welt als Heimarbeit oder Hausunterricht aus vergangenen Zeiten unter längst überholten Lebensumständen. Zur Kontaktvermeidung wurden nämlich die Aktivitäten auf den häuslichen Bereich verlagert, im Endeffekt vor den Computer. Jung und Alt erlernte schnell den Umgang mit dieser fremden, schwierigen Technologie, eine Entwicklung, die man in vielen Fällen nicht für möglich gehalten hätte.

Die Menschen vereinsamten. Die Telefone klingelten unaufhörlich, waren ewig lange besetzt, die einzige Nabelschnur zwischen den Zwangsisolierten. Man lebte im Ungewissen: *„Wie lange wird es dauern, bis wir dieses Virus loswerden? Wird es uns jemals in Ruhe lassen? Und eine Impfung? Ach, wann wird sie zum Einsatz kommen? Wird sie verlässlich sein?"* Sorgen und Ängste gehörten zum Alltag. *„In wieweit sind die Nachrichten vertrauenswürdig? Stimmt denn all das, was uns die Medien vorgaukeln?"*

Der gewohnte Tagesablauf konnte nicht beibehalten werden. Das Leben wurde umgekrempelt, nichts war mehr wie gehabt. Man änderte seine Gewohnheiten. Andrea, die früher nie Spaziergänge in ihrer Umgebung unternommen hatte, lernte nun letztere akribisch kennen, verlief sich hin und wieder im nahe gelegenen Wald, in dem sie kleine Pfade mit verwilderter Pflanzenpracht entdeckte. Genossen wurde auf eine neue Art, in vielen Fällen eine einfache, naturverbundene, denn Theater, Oper, Restaurants und Fitnessstudios waren geschlossen. Man wurde genügsam. Man brauchte sehr wenig; angefangen bei der Kleidung, es reichte die alltägliche, da man das Haus nur kurz für die schnellen Einkäufe oder für einen einsamen Bummel verließ.

Manch einer fühlte sich verloren. Es herrschte gewissermaßen Weltuntergangsstimmung: *„Was wird kommen? Wie sieht unsere Zukunft aus? Ist die Weltwirtschaft ruiniert? Wird sie sich jemals erholen können? Und was passiert mit den Arbeitsplätzen? Die junge Generation steht womöglich vor* *einem Abgrund. Sehr schmerzhaft für sie!"* Die schwärzesten Prognosen wurden aufgestellt, Dystopien geisterten umher. Nur die Klimaaktivisten konnten aufatmen, im wahrsten Sinne des Wortes, denn die Luft wurde reiner, der CO_2-Ausstoss aufgrund verringerten Fahraufkommens auf dem Boden und in der Luft verminderte sich.

Der Sommer bescherte ein Nachlassen der Infektionsfälle, brachte somit eine Beruhigung, die aber durch die Voraussagen für Herbst und Winter zugleich wieder zunichte gemacht wurde. Der Hoffnungsschimmer sofort durch ehrliche, ach zu ehrliche, Prognosen verdüstert. Statt der Bevölkerung die Entspannung, ein kurzes Aufleben zu gönnen, wurde die Menschheit knallhart auf den harten Boden der Wirklichkeit zurückgeholt. Die Angst lastete schwer auf den Gemütern der Menschen. Nicht jeder konnte sich erfolgreich gegen dieses Gefühl der Furcht und der Unsicherheit wehren. Nicht jeder überstand die Pandemie ohne Wunden, ohne gezeichnet zu sein. Sie traf alle Schichten der Gesellschaft gleichermaßen, die Reichen wie die Armen, ebenso alle Altersgruppen, Ältere genauso wie Jüngere. Niemand war gefeit, eine Ansteckung zu überleben, ihr überhaupt zu entgehen, vom Virus übergangen zu werden. Denn es wählte nach seinen eigenen Prinzipien oder Gesetzen aus. Es war unsichtbar und somit nicht direkt zu bekämpfen, wendig, mutierte ständig, war nicht greifbar, im Endeffekt gemein und rücksichtslos. Es machte vor niemandem und nichts Halt, es glich einer Armee getarnter unheimlicher Soldaten, gegen die man nichts ausrichten konnte. *„Was bleibt uns anderes übrig, als uns dieser Macht zu unterwerfen, solange keine Impfung zur Verfügung steht",* lautete die verbreitete Meinung. Manch einer verzweifelte. Verständlich bei der Bedrohung, bei der Besorgnis. Einige wurden träge, da keine Forderungen mehr an sie herangetragen wurden. In der Isolierung versanken sie in Lethargie. Die wenigsten wuchsen über sich hinaus, erreichten Unverhofftes. Die meisten gelangten gemächlichen

Schrittes zur Einsicht, das wichtigste Ziel für das Leben danach sei die Lustmaximierung, das Auskosten von Genüssen, gekoppelt mit einer Reduzierung der Arbeitszeitbelastung. Später sollte der Slogan der „great resignation" aufkommen, um in Zusammenhang mit „quiet quitting" eine Welle sanfter Arbeitsverweigerung auszulösen.

Als der Impfstoff endlich auf den Markt kam – verständlicherweise in ungenügenden Mengen – entschied sich die Politik, zuallererst die am meisten gefährdete Bevölkerungsschicht zu impfen, also die Alten und Menschen mit Vorerkrankungen. Vielen unter ihnen war diese Entscheidung unverständlich: „*Mir macht es doch gar nichts aus, im Heim zu verweilen. Auf den geringen Besuch, den ich erhalte, kann ich leicht verzichten!*", äußerten manche. Andere argumentierten, sie seien doch Einschränkungen gewöhnt. Was hatten sie in den letzten Lebensjahren schon alles aufgegeben! „*Das Skilaufen habe ich nach meinem Kreuzbandriss willig in den Ruhestand geschickt. Ja, und das Tennisspielen musste ich, zwar unter nicht wenigen vergossenen Tränen, wegen der Kniearthrose vor fünf Jahren ad acta legen. Das Beschneiden von Aktivitäten ist für uns Alte quasi alltäglich. Also warum werden wir mit der Impfung bevorzugt, wenn doch für uns die Verlängerung der Isolierung um einige Monate keine große Beeinträchtigung unseres Alltags bedeutet? Schaut euch lieber die jungen Leute an: Keine Treffen mehr, keine Disco, kein Kennenlernen anderer Menschen, kein Austausch! Die armen! Sie tun mir wahrhaftig leid!*"

Erst im zweiten Jahr der Pandemie verbreitete sich die Erkenntnis, am stärksten unter den Ausnahmevorkehrungen hätte die jüngere Generation gelitten. An Schulen wurde langsam eine hybride Unterrichtsform eingeführt, ein Alternieren zwischen Präsenzpflicht und Onlineunterricht. Viele Jugendliche lernten aber vor allem das *dolce far niente*, das Herumlungern zuhause oder noch schlimmer das

Versinken in aggressive Computerspiele. Die Pandemie verstärkte eindeutig den Hang manch eines Kindes zu diesem einfachen, immer greifbaren Zeitvertreib. Solange er in Maßen genossen wurde, solange er nicht zur Sucht wurde, war nicht viel oder zumindest nicht zu viel dagegen einzuwenden. Leider lauerte aber fast in jedem Haushalt die Gefahr, dass die Grenzen eines normalen Gebrauchs überschritten wurden.

Da die Voraussagen für die Dauer der Pandemie düster waren, beorderte Sandra Philipp nach einigen Wochen Aufenthalts in San Francisco wieder nach Leipzig zurück, wohin sie inzwischen wegen eines neuen Arbeitsplatzes gezogen war. Genauso wie in Deutschland liefen auch in den USA die Unterweisungen der Schüler mit dem Online-Unterrichtsmaterial nicht auf einem zufriedenstellenden Niveau. Sandra war sich bewusst, dass Philipp Unterstützung und Anleitung benötigen würde, die ihm sein vollauf beschäftigter Vater nicht bot. Für sie selber gestaltete sich der Alltag mit dem inzwischen pubertierenden Jüngling allerdings nicht einfach. Philipps Wandel war bereits im mit Pickeln übersäten Gesicht unübersehbar. Außerdem schoss er in die Höhe. Sein Körper und sein Hormonüberschuss ließen ihn offensichtlich nicht in Ruhe. Somit wurde es sichtbar schwierig für ihn, an etwas anderes als an seine eigenen Bedürfnisse zu denken.

Philipp entglitt seiner Mutter. Er schloss sich in sein Zimmer ein, saß stundenlang am Computer, in irgendwelche dubiosen Spiele versunken, in denen es angeblich um Geschicklichkeit, um eine schnelle Reaktionsfähigkeit ging, im Grunde aber nur um den blutrünstigen Tötungsdelikt. Da kein reelles Blut floss, da es nur um virtuelle Schießerei ging, war es für die Spieler einfach, sich hinter einem Unschuldsschild zu verschanzen. So auch Philipp. Vor Sandra brüstete er sich: *„Versuch du es doch mal! Du redest die Spiele schlecht, aber du kennst sie ja überhaupt nicht! Schau her, ich*

39

habe schon den Goldstatus erreicht, in Bälde erlange ich den diamantenen. Mach mir das einmal in so kurzer Zeit nach!" Denn die Hersteller dieser Games haben raffiniert auf den menschlichen Ehrgeiz gesetzt: Sie führen Stufen ein, Abzeichen, die man bei einer bestimmten „Leistung" erreicht. So schüren sie bei den Teilnehmern den Ansporn, immer höher auf der Leiter der Auszeichnungen aufzusteigen, bilden Anhänger des Spiels heran, die mit der Zeit zu Abhängigen mutieren.

Philipp tappte in diese Falle. Kaum von der Schule heimgekehrt, verschwand er in seiner Höhle, vergaß Essen und Trinken, überhörte die Rufe der Mutter zum Mahl, vernachlässigte die Reinlichkeit und ebenso die Freundschaften, es sei denn sie beteiligten sich an seinem Hobby, dass für ihn längst nicht mehr diesen Stellenwert besaß. Er war ihm verfallen, er war verloren. Sandra machtlos. Eine Psychologin zur Hilfe gerufen. Die Spieldauer wurde festgelegt; Philipp gelang es aber, sie unbemerkt zu verlängern. Hausaufgaben erledigte er überhaupt nicht mehr, die Aufräumarbeiten in seinem Zimmer eben so wenig. Er verkümmerte zu einem Nervenbündel, schwarze Ränder unter seinen Augen, seine Schönheit kaum zu erraten. Er glich einem Zombie, einem Gespenst. Sein Denken drehte sich nur noch um die Computerspiele, alles andere zählte nicht. Er war nicht mehr umgänglich. Ermahnungen, bzw. Grenzsetzungen brachten keine Besserung. Gespräche wurden zum Fremdwort, ein Beisammensitzen nicht möglich. Bei jeder Kleinigkeit brauste er auf, reagierte impulsiv: *„Leave me in peace! Ich mach das schon. Ich komm ja gleich."* Aber wer machte doch nichts, erschien doch nicht? Philipp blieb weg, körperlich in der Wohnung, aber nicht greifbar. Es war ein Trauerspiel. Mutter und Kind zusammen und dennoch so weit voneinander getrennt, kein Zugang zueinander möglich. Hinzu kamen Streitigkeiten zwischen ihnen. Nicht enden wollende Diskussionen mit lautstarken heftigen Angriffen. Andrea konnte ihren Ohren nicht trauen! *„Hört bitte auf! Das bringt doch nichts! Seid vernünftig!"* Aber ihr Eingreifen blieb unbeachtet. Als fühlten sich die beiden dadurch im Gegenteil angestachelt. *„Es tut uns gut!"*, bemerkte Sandra zwischendurch. *„Die Probleme müssen angegangen werden." „Aber doch nicht auf diese Weise!"*, erwiderte Andrea entsetzt. *„Das bringt euch nicht weiter. Im Gegenteil: Ihr verletzt euch noch intensiver."* Das Geschrei, die gegenseitigen Vorwürfe und Anschuldigungen ließen nicht nach. Andrea ohnmächtig, konnte nur hoffen, dass beide sich bald ausgetobt haben würden. Dienten diese Wutausbrüche wirklich einer Katharsis? Wäre eine besonnene Auseinandersetzung mit Aufzählung der gegenseitigen Fehler und somit der jeweiligen Änderungswünsche nicht erfolgversprechender gewesen? Auf jeden Fall friedlicher, einvernehmlicher! In Andreas Augen musste etwas unternommen werden!

Erstmal wurde zwecks Verschreibung von Krankengymnastik zur Korrektur von Philipps Rippenverformung ein Termin bei einem Orthopäden vereinbart. Dieser reagierte aber anders als die vormalige Ärztin in Frankfurt. Er winkte ab: *„Bei diesem BMI musst du als Erstes zunehmen, denn du befindest dich unterhalb des Minimalgewichts für deine Körpergröße. Dass du eine Essstörung hast, ist offensichtlich. Sobald du dein Gewicht in Ordnung gebracht hast, dann erst können wir uns um deine Hühnerbrust kümmern. Tut mir leid! Wenn du pro Monat nicht vier Kilo zunimmst, dann gehörst du in die Klinik. Ich kenne mich aus mit den Jugendlichen, vor allem den Mädchen, die vorgeben, genug zu essen, die alle möglichen Ausreden erfinden, um ihre Eltern zu täuschen, sie an der Nase herumführen. Ich sehe es schon kommen: In deinem Fall führt kein Weg an einem Klinikaufenthalt vorbei. Aber versuchen wollen wir es erstmal; vielleicht gelangst du ja doch zur Vernunft. Und ich schreibe dir ein Attest zur Befreiung vom*

Sportunterricht in der Schule. Denn du sollst so viele Kalorien wie nur möglich durch häufige Nahrungszufuhr aufnehmen, aber so wenige wie möglich abgeben, bzw. verlieren. Ist das klar? Du musst einen täglichen Speiseplan aufstellen und ihn auch einhalten! Sechsmal am Tag sollst du Essen zu dir nehmen! Erschrick nicht: Dein Magen wird sich mit der Zeit erweitern."

Mutter und Sohn verließen die Praxis vollkommen verstört. Philipp mal wieder in Abwehrhaltung: *„Listen, mama! Du weißt es ja, in der Früh krieg ich keinen Brocken runter! Dann nehme ich halt ein Pausenbrot mit in die Schule. Das schmiere ich mir schon selber, sei unbesorgt!"* Aber Sandra wollte es ihm zubereiten, um zusätzlich zu einer dicken Schicht Butter auch noch eine gewaltige Wurst- und obendrein eine Käsescheibe mit hohem Fettgehalt hinzu zu fügen. Kalorien und noch mehr Kalorien! Darum ging es! Die Zufuhr musste drastisch erhöht werden. Bei welchem Quantum lag er denn eigentlich? Wie sollte man das feststellen? *„Und wird er das Brötchen überhaupt verzehren oder landet es im Mülleimer?",* fragte sich Sandra beunruhigt. Die Worte des Orthopäden hatten ihr die Gefährlichkeit von Philipps Zustand vor Augen geführt. Sie machte sich daran, einschlägige Literatur zum Thema Essstörung zu besorgen. Andrea tat es ihr gleich. Am Telefon tauschten sie ihre Er-Kenntnisse aus.

Philipps Gewichtzunahme ließ zu wünschen übrig. Er kam auf keinen grünen Zweig. Gleichzeitig verkümmerte die Schulleistung. Bis er schließlich verkündete, die Klasse freiwillig zu wiederholen. Somit interessierten sich auch die Lehrer überhaupt nicht mehr für ihn. *„Die Arbeit brauchst du nicht mitzuschreiben! Du wiederholst ja eh!"* Er wurde einfach fallen gelassen. Kein Pädagoge hatte sich Philipp angenommen, keiner seine Seelenprobleme angeschaut, geschweige denn durchschaut. Nicht einmal der abgemagerte Körper war ihnen aufgefallen. Dabei hatte er in den letzten Jahren mehrmals einen Kollaps erlebt: Er war schier zusammengebrochen, in Tränen aufgelöst, unfähig am Schulunterricht teilzunehmen. Die Mutter zur Abholung des zitternden, verschreckten und verwirrten Jungen herbeigerufen. Er erlitt eindeutig Angstzustände, denn physiologisch war – abgesehen von seiner Ausgezehrtheit - nichts festzustellen. Kein Lehrer lud zu einem Gespräch zur Klärung seines emotionalen Ungleichgewichts ein. An dieser Schule galt Leistung, sonst nichts! Man wollte sich eindeutig nicht mit Problemfällen belasten, von der Wissensaufnahme ablenken lassen. Wer nicht mitkam, nicht mitmachte, der sollte einfach auf der Strecke liegen bleiben. Es zählten für die Direktion nur die exzellenten Abiturergebnisse; mittelmäßige Schüler waren ein No-Go; wenn sie von selbst verschwanden, umso besser. Einen bitteren Beigeschmack hinterließen somit die sechs Jahre an diesem Gymnasium; die Frustration in der Familie deutlich spürbar.

Auf einem Gebiet hatte Philipp überhaupt keine Schwierigkeiten, auf jenem mit dem weiblichen Geschlecht. Eine Zeit lang begleitete ihn ein hübsches Mädchen, das direkt aus einem japanischen Zeichentrickfilm, aus einer Anime, entsprungen zu sein schien. Die Schminke vergaß es trotz seiner 14 Jahre nie! Abgelöst wurde es von einer Blondine, die ihrerseits nach einigen Monaten von einer Dunkelhaarigen ersetzt wurde. Der Junge flatterte von einer Schönheit zur nächsten, erwies sich als äußerst unbeständig. Im Grunde hing es damit zusammen, dass ihm die Mädels keine Ruhe ließen, ihn belagerten, ihn per WhatsApp verfolgten. Nachschub war stets schnell zur Stelle. Sandra stand diesem kontinuierlichen Wechsel machtlos gegenüber. *„Tu bitte keinem Mädchen weh! Behandle sie anständig!"*, darauf legte sie Wert.

Eines Tages wurde Philipp ein Platz in der bis dato überlasteten Jugendpsychiatrie angeboten. Andrea zögerte keinen Augenblick! Solange er noch minderjährig war, konnte sie ihn ohne weiteres einweisen lassen. Und die Zeit drängte!

43

Denn er hatte das siebzehnte Lebensjahr bereits erreicht! Also bezog er zwei Wochen später ein karges Einzelzimmer mit einem Bett, Nachttisch, Schrank, einem Tisch mit zwei Stühlen und einem Regal für die Bücher, die er nun lesen würde. Er durfte sein Handy nicht mitnehmen, eben so wenig seinen Laptop. Von der Welt abgeschnitten. Auf sich selber konzentriert. Therapiemaßnahme, damit er über sein Befinden nachdachte? An der Zimmerdecke eine Überwachungskamera, die aber nicht eingeschaltet war. Sie gilt jenen Mädchen, die eifrig im Zimmer körperliche Übungen verrichten, mit dem Zweck die vom Klinikpersonal angestrebte Gewichtszunahme zu boykottieren! Vor seinem Fenster kein Gitter, das in anderen Zimmern den Bewohner an einen Selbstmord hindern soll. Denn für die jungen Essgestörten ist der Alltag in der Klinik desolat!

Während der ersten Tage wurde Philipp zu jeder Mahlzeit im Rollstuhl gefahren. Eine Vorgehensweise zur Vermeidung jeglichen Energieverbrauchs. Zurück in seinen vier Wänden sollte er sich hinlegen. Der Körper aufgefordert, zuzunehmen, anzusetzen! Für den Gang zur Toilette musste er klingeln. Die Tür wurde aufgesperrt und man wartete geduldig auf seine schnelle Rückkehr ins Zimmer. Am Abend konnten sich die Jugendlichen für eine Stunde zum Filmanschauen treffen, dann nochmals in die Einsamkeit. Die Telefonzeiten reglementiert. In den ersten zwei Wochen durfte er nur an drei Tagen Anrufe erhalten, limitiert auf die Zeiten zwischen 16 und 18 Uhr, und zwar im Flur. Mithören war angesagt. Geheimnisse, wahre Gefühle somit unaussprechbar. Auch die Besuchszeiten waren strengstens geregelt. Für eine Lockerung sorgte die Methode der Belohnung und der Bestrafung: Privilegien wie längere Besuchs- oder Telefonzeiten und kleine Spaziergänge im Klinikpark waren an die Gewichtszunahme gekoppelt. Bei Philipp sollte sie anfangs zwei Kilo wöchentlich betragen. Diese gelang ihm, sodass er nach ca. vier Wochen zum ersten Mal an einem Wochenende sogar nachhause durfte.

Neben seinem Gewichtsproblem plagte Philipp noch ein weiteres: Er litt unter Prokrastination, d.h. er konnte sich nicht organisieren, keine Termine einhalten und vergaß z.B. systematisch die Abgabedaten für Schularbeiten. Wenn er nicht in dem Moment, in dem ihm ein Tag, eine Uhrzeit genannt wurden, diese sofort notierte, dann gerieten sie in komplette Vergessenheit. *„Use your phone, in Gottes Namen!"*, wurde ihm von mehreren Seiten zugetragen. *„Stop it! Das kann ich mir schon merken!"*, pflegte er selbstherrlich zu antworten. Aber dem war nicht so! Papiere stapelten sich auf seinem Schreibtisch; niemandem erlaubte er, sie anzufassen. *„Das erledige ich schon selber! Keine Bange! Don't worry!"* Doch eine Woche später war der Haufen immer noch nicht abgebaut und die Anrufe häuften sich bezüglich nicht wahrgenommener Deadlines. Ein mühsamer Weg lag vor ihm. Ermahnungen, Hinweise halfen ihm nicht weiter! Er selber staunte über seine Vergesslichkeit, seine Unachtsamkeit. In kleinen Schritten lernte er, akzeptierte er, dass nur ein sofortiges Handeln, d.h. Eingeben von Daten in sein zweites Gehirn, sein Handy also, eine Stütze für sein Defizit darbot. Und es ging zwar langsam, aber stetig voran.

„Was ich partout nicht verstehe", meinte Andrea verwundert, *„ist, dass er keine Konzentrationsschwierigkeiten bei seinen Computerspielen hat. Er kann Stunden damit verbringen."* *„Ganz einfach!"*, antwortete ihr Sandra, inzwischen zur Fachfrau in Sachen ADHS mutiert. Diese Störung hatte der Psychiater der Klinik bei Philipp anhand von Tests zusätzlich zu seiner Essstörung festgestellt. Die Diagnose traf die Familie hart! Sie hatten bereits entfernt von Fällen von Dyslexie und Dyskalkulie bei Kindern von Bekannten gehört, vage auch von ADHS (Aufmerksamkeitsdefizit-/ Hyperaktivitätsstörung), aber diese Probleme waren ihnen immer weit von ihrer eigenen Welt vorgekommen. Sie hatten sich nie näher mit ihnen befasst.

45

Siehe da, nun waren sie selber betroffen, obwohl Philipp weder Lese- noch Rechenschwierigkeiten besaß. Auch ein anderes Merkmal wies er nicht auf: Es fehlte ihm nicht am Verständnis für das Verhalten anderer, dafür aber an Interaktion mit seinem Gegenüber, an diplomatischem Gespür, wodurch seine Sozialisierung stets erschwert gewesen war. Am stärksten litt er unter der Prokrastination sowie an Konzentrationsmängeln. Jeder Fall ein wenig anders gelagert. Sandras Erklärung zu seiner intensiven Hingabe bei den Computerspielen trotz seiner ADHS: *„Es gehört zum Krankheitsbild des ADHS-lers, dass er eine sofortige Belohnung benötigt. Sonst gibt er schnell auf! Und diese ist im System der Spiele schlau integriert. Bei jedem gelungenen Abschuss eines Gegners bimmelt es, bunte Lichter leuchten auf und seine Punktzahl erhöht sich, sodass er das Erfolgsgefühl unmittelbar erfährt. Darum geht es in seinem Fall: Die Unmittelbarkeit! Wenn er auf die Überreichung einer Trophäe warten muss, dann verzichtet er lieber darauf. Der Kick bleibt aus. Sein Gehirn funktioniert anders als unseres. Die Dopaminzufuhr hält nicht an. Sie verflüchtigt sich schnell. "*

Mehrmals fuhr Andrea nach Leipzig, um Sandra psychisch und physisch zu unterstützen. Die Belastungsgrenze der beiden Frauen war fast überschritten, bei Sandra zusätzlich aufgrund der Trennung von Fritz. Durch eine interessante Arbeit finanziell unabhängig geworden, unternahm er den Weg in die Freiheit, verließ Sandra und nicht zuletzt Philipp nach zehnjährigem Zusammenleben. Die alleinerziehende vollauf berufstätige Mutter am Limit. Ihr Nervenkostüm mehrfach vor der Zerreißprobe. Ihre Lautstärke nahm zu, die Kontrolle über sie selber ab. Andrea reagierte mit Vorsicht, ihre Wortwahl überlegt, sie wog ab oder verstummte bedacht. Philipps anhaltender Zustand mit fraglichem Ausgang machte Mutter und Oma in gleicher Weise zu schaffen. Wie lange würden sie dieser Belastung standhalten können?

Eines Tages bemerkte Andrea per Zufall einen roten

Flecken an ihrer Taille am Rücken. „*Da hat mich wohl ein Floh oder ein anderes Insekt erwischt. In der U-Bahn springen diese Tiere gerne zu mir rüber. Die mögen mich. Es wäre nicht das erste Mal, dass mich nach einer Busfahrt eine Körperstelle juckt*", lenkte sich Andrea selber ab. In den folgenden Tagen vergrößerte sich die Rötung dermaßen, dass Andrea unruhig wurde und endlich den Hautarzt aufsuchte. Ihm genügte ein flüchtiger Blick auf ihre Haut, um vehement und mit Sicherheit zu erklären: „*Das ist eine Wanderröte, also eine Borreliose. Ich verschreibe Ihnen jetzt ein sehr starkes Antibiotikum, das Sie drei Wochen lang einnehmen müssen, um die Verbreitung der Borrelien auf innere Organe und damit deren Schädigung zu vermeiden.*" Da die Blutuntersuchung einen hohen Befall an Borrelien aufwies, stand die Richtigkeit der Diagnose außer Zweifel. „*Aber wieso beißt mich eine Zecke im November? Zu dem Zeitpunkt hält sie doch bestimmt schon ihren Winterschlaf, oder?*", fragte Andrea als erfahrene Wanderin nach. „*Gebissen wurden Sie womöglich schon im Sommer. Diese Bakterien haben die Fähigkeit, sich gegebenenfalls monatelang im Körper aufzuhalten, ohne einen Schaden anzurichten. Bei einer Immunschwäche greifen sie dann umso härter an!*", erklärte ihr der Arzt. „*So again!*", gestand sich Andrea. „*Der ständige Kummer um Philipps Krankheit hat mal wieder die Oberhand über mich gewonnen und mich knock-out gestellt! Damals, als Sandra plötzlich mit ihm nach Lyon zog, waren es die Helicobacter, jetzt halt die Borrelien, die mich im Handumdrehen überwältigt haben. Also habe ich nochmals die Gefahr des Erkrankens nicht erkannt und nichts gegen sie unternommen. Sandra erzähle ich besser nichts hiervon; sie hat eh genug Schwierigkeiten. Die meinigen muss ich selber er-tragen.*" Nach den drei Wochen Antibiotikum war die Rötung vollständig verschwunden und es waren vor allem keine Nebenwirkungen sichtbar, was allerdings nicht bedeutete, dass sie nicht irgendwann später in Erscheinung treten konnten.

Andrea beschloss, aktiv etwas gegen ihre Schwäche zu unternehmen. Sie forschte nach Kursen, die Achtsamkeit, Beruhigung, Kontrolle über sich selber lehrten. Sie nahm an einem von der Volkshochschule teil. Obwohl sie anfangs der Meinung gewesen war, sie brauche Unterstützung mit einer gewissen Regelmäßigkeit, so gab sie dennoch schnell auf. *„Es wird schon gehen"*, beschwichtigte sie sich selber. *„Ich bekomme mein Leben bestimmt in den Griff. Wie sieht es überhaupt bei Sandra aus? Verheimlicht auch sie mir irgendwelche gesundheitlichen Probleme, Konsequenzen durch den Dauerstress mit Philipps Verhalten? Hoffentlich kann sie damit besser umgehen als ich!"*

Inzwischen hatte Philipp nach drei Monaten Klinikaufenthalt die unterste Stufe seines erwarteten Gewichtes erreicht und wurde aus der Klinik entlassen. *„Dahin kehre ich nie wieder zurück! Never!"*, so verabschiedete er sich lapidar. Was für Qualen hatte er erlitten? Welche Nachwehen würden diese produzieren – zusätzlich zu seinen bestehenden Leiden? Ja, eingesperrt sein, fast wie in einem Gefängnis einsitzen, das ist bestimmt keine angenehme Erfahrung. Dennoch war er immer noch nicht über dem Berg. Es sollten drei Monate ambulanter Behandlung folgen, also ab in eine Tagesklinik, von 8 Uhr morgens bis 15 Uhr. *„Okay, das ist erträglicher"*, kommentierte Philipp unterwürfig. Und er hielt durch. Sein Allgemeinbefinden und sein Verhalten besserten sich. *„Denkt aber ja nicht, dass ich in die Schule zurückkehre! Out of the question! Ich trete anschließend ein Freiwilliges Soziales Jahr an!"*

Vor diesem Neubeginn besuchte er noch Andrea für einige Tage in Frankfurt. Sie spielten hin und wieder Schach, machten einen Spaziergang im Wald und vereinbarten den Besuch einer Fotoausstellung mit anschließendem Mittagessen in einem gut besuchten Restaurant. Philipp – wie konnte es anders sein – verspätete sich, trödelte vor sich hin.

Also fuhren Oma und Enkel in die Stadt, direkt zur ausgesuchten Gaststätte. Was geschah aber nun? *„Ist es da drinnen laut?"*, fragte der Jüngling mit verzerrtem Gesicht. *„Wie üblich, wenn viele Menschen zusammenkommen. Why do you ask? What does it matter?"*, lautete Andreas Antwort. *„Nein, dann gehe ich da nicht hinein! No way!"* Andrea verdutzt, obwohl sie bereits in der U-Bahn das unkontrollierte Zittern an Philipps Beinen beobachtet hatte. Das *restless legs Syndrom,* das zwar bereits im 17. Jahrhundert von einem Arzt beschrieben worden war, trat auch später gehäuft bei traumatisierten Soldaten während und nach dem 2. Weltkrieg auf, wurde aber bei vielen von ihnen als Scheinkrankheit abgetan. Das unwillentliche Bewegen der Beine oder auch Ticks mit dem Kopf gehören zu den Symptomen der ADHS. Hin und wieder traten sie bei Philipp auf. Litt er gerade unter einem kleinen Anfall? Alles deutete darauf hin. Andrea gab sich geschlagen. In einer kleinen Imbissbude kaufte er sich eine Currywurst mit Pommes und Oma begleitete ihn mit einem Döner. Nach dem Essen fühlte er sich besser, entschuldigte sich für sein Verhalten. *„Alles in Ordnung, my love"*, versicherte ihm Andrea. Aber in die Ausstellung mochte er nun doch nicht. Stattdessen entschied er sich für einen Einkaufsbummel, obwohl er tags zuvor Andreas Vorschlag diesbezüglich vehement abgelehnt hatte. Seine Meinungen äußerst volatil! Voller Elan schlenderte er nun die Einkaufsstraße entlang!

    „Aber nein, Oma, in das Geschäft gehen wir nicht! Lass mich entscheiden!" Und Andrea hielt sich zurück, ging schweigsam neben den in seinen Urteilen rasch changierenden Philipp. Und für welchen Laden entschied er sich schlussendlich? Genau für den, welchen Andrea ihm vorgeschlagen hatte, da er dem Geschmack junger Leute entsprach! Philipp blühte mit jeder selektierten Hose, mit jedem ausgesuchten T-Shirt, immer mehr auf. Nicht wiederzuerkennen nach seiner Show vor dem Restaurant! Ein

komplett anderer Mensch. Sympathisch, zugänglich und vor allem glücklich. Er häufte im Ganzen sechs Artikel an, die Andrea gerne für ihn beglich. *„Wie wäre es mit Schuhen, querido?"*, wagte sie den in Fahrt geratenen Jungen zu fragen. *„Nein, nein, I don't need any!"* Vollbeladen mit den Taschen kehrten sie heim. An die Ausstellung war gar nicht mehr zu denken. Philipp strahlte über das ganze Gesicht. Andrea schmunzelte in sich hinein: *„Wie einfach es doch sein kann, einen Menschen zufrieden zu stellen! Und man muss das heute Gesagte nicht unbedingt für bare Münze halten, denn es kann sich in kürzester Zeit ins Gegenteil gewandelt haben, wie eben halt!"*

Der letzte Tag brach an. Geplant war eine kleine Radtour, da der Zug erst am frühen Nachmittag Richtung Leipzig abfuhr. Andrea war sich sicher, dass dieser Ausflug klappen würde. Leider wurde nichts daraus! Nach dem Frühstück packte Philipp seine sieben Sachen zusammen, aber plötzlich raste er mit dem Munde vorgehaltener Hand ins Badezimmer. Er musste sich leicht übergeben, hatte auch schon den Fußboden seines Zimmers befleckt und versuchte ihn mit einem Tuch trocken zu wischen. *„Oh, please, let me do it!"*, intervenierte Andrea. *„Das Tuch können wir dann wegschmeißen, denn, du weißt ja vielleicht, dass sich der Geruch des Erbrochenen nur schwer entfernen lässt. Wir nehmen jetzt papierne Küchentücher und entsorgen sie dann einfach. Fühlst du dich inzwischen besser? Vom Essen kann dein Unwohlsein nicht herrühren. Wir hatten gestern beide das gleiche zu uns genommen."*

Es war Andrea klar, dass der Grund woanders zu finden war. Wieder die Angst vor dem Eintreffen zuhause? Aber warum diese heftige Reaktion? Philipp in Tränen aufgelöst. *„Das kann doch jedem mal passieren! Es ist gar nicht schlimm!"*, versuchte Andrea, ihn zu beruhigen. Aber nein! Philipp zitterte am ganzen Körper. *„Was habe ich bloß? Vielleicht leide ich an einem unentdeckten Tumor! Noch nie ist* *mir so etwas passiert!* " Andrea rang erneut nach Worten, nach Argumenten, um ihn zu besänftigen. Zum wievielten Mal in diesen Tagen kramte sie in ihrem Gehirn nach beschwichtigenden Ausdrücken? Sie blieb erfolglos. Philipp weinte weiter vor sich hin. Er verspürte offensichtlich eine große Panik. Der Auslöser dafür unauffindbar! Ein Anruf bei seiner Mutter und anschließend bei seiner Freundin halfen ihm weiter. Der Radausflug? Gestrichen!

Erst das Gespräch mit Sandra brachte Andrea die nötige Aufklärung zu Philipps unverständlichem Benehmen: *„In der Klinik wird enorm darauf geachtet, dass die Mädchen – sie bilden halt die Mehrheit der Patienten auf dieser besonderen Station! - sich ja nicht übergeben! Sie sollten - genauso wie Philipp auch - in erster Linie zunehmen. Das war ihre Aufgabe! Aber eine Anorektikerin verfolgt das entgegengesetzte Ziel! Sie möchte partout nicht an Gewicht zulegen! D.h., dass Philipp diesen Kampf ständig erlebt, aus der Nähe beobachtet hat. Ihm ist bewusst, welchen Stellenwert das Behalten der Nahrung im Körper besitzt! Das Klinikpersonal ist immerfort darauf aus, die Mädchen zu überwachen, um eine selbst provozierte Magenentleerung weitaus unmöglich zu machen. Und Philipp war bis dato nur Zaungast, nie aber selber Autor einer künstlichen oder natürlichen Übelkeit. Ja, Mama, du hast recht: Er hat Angst davor, auch noch Anorektiker zu sein. Solch eine Diagnose hat man ihm Gott sei Dank nicht verpasst! Es reicht vollkommen mit dem bescheinigten Krankheitsbild!"*

Diese Erläuterungen schienen Andrea plausibel zu sein. Dennoch wurde sie nachdenklich. Innerhalb von wenigen Tagen hatte sie zwei arge Krisen mit Philipp erlebt. *„Arme Sandra! Was macht sie denn allwöchentlich durch? Kein Wunder, dass sie erschöpft ist, dass sie neulich ein paar Tage alleine weggefahren ist und Unterstützung braucht, mehr seelisch als tatkräftig! Das Kind ist offensichtlich krank! Und es war uns früher nicht aufgefallen. Oder hat die Pandemie,* das Eingesperrtsein, die Abschottung von den Kameraden, das Alleinsein einen großen Teil zu seiner Absonderlichkeit beigetragen? So langsam hört man immer mehr von den Kollateralschäden durch die Coronamaßnahmen bei Heranwachsenden. Philipp ist nicht verschont geblieben. Leider!"

Andreas intensive gedankliche Beschäftigung mit dem Enkel bewirkt sein Erscheinen in einem Traum. So mutmaßt sie. Sie befindet sich mit einer jungen Frau, die sie für Sandra hält, auf einem Balkon, und als sie diesen gerade verlassen wollen, fliegt ein Baby von einem anderen Balkon zu dem ihrigen hinüber, verfängt sich aber an dem dort befindlichen Blumenkasten. Sowohl Mutter wie Tochter bemühen sich, das Kind aufzufangen, es festzuhalten, aber vergeblich. Sie lehnen sich über die Kante vor, doch der Säugling fällt bereits hinunter, sieben Stockwerke tief! Beide Frauen entsetzt, kurz erstarrt, dann Weinkrämpfe, eine Umarmung und sie stürzen zum Fahrstuhl, drücken auf Erdgeschoss. Im Freien schauen sie sich schnell um: Da steht eine Dame, die auf einen Busch weist. Vollkommen aufgelöst und bar jeder Hoffnung hasten sie dorthin, Sandra nimmt das Baby in die Arme, das totgeglaubte, das sich – oh Wunder! - bewegt! Aber wie sieht dieser Körper aus? Er ist winzig, seine Arme und Beine wie jene von einer Spinne, dürr und lang. Die Frauen eilen mit diesem Wesen zum Arzt. Erschüttert wacht Andrea auf. Soll dieses zwergenhafte Kind ein Sinnbild für Philipp sein? Eindeutig ihre Interpretation. Und der Sturz demnach die Gefahr, in der er schwebt? Und bei beiden Frauen, sie selber und Sandra, die Unfähigkeit erkennbar, ihm behilflich zu sein? Alle ihre Ängste in diesem Traum widergespiegelt. *„Sandra erzähle ich den Albtraum nicht! Diese Horrorgeschichte möchte ich ihr ersparen!"*, nimmt sich Andrea vor.

Für sein Freiwilliges Soziales Jahr hatte Philipp sich in einer Kinderklinik beworben. Er erhielt die Stelle. Nun blieb abzuwarten, was für Veränderungen, vielleicht Verbesserungen diese Tätigkeit in seinem Wesen hervorrufen würde. Und wie stand es überhaupt mit seinem Durchhaltevermögen? Offen gesagt war seine Aufgabe keine leichte, keine angenehme, denn sie bestand in der Betreuung von hirngeschädigten Kleinen. Erstaunlicherweise hatte er sich nach seinem eigenen verhassten Krankenhausaufenthalt nicht für etwas Fröhliches, Andersartiges entschieden, nein, er wählte Epilepsie und Hirntumore. Der Schichtdienst blieb ihm nicht erspart, d. h. dass er alternierend eine Woche lang um 6 Uhr morgens antreten musste, dann wiederum um 14 Uhr. Tatsächlich hielt er sich an die Zeiten. Er stand ohne weiteres alleine um 5 Uhr 15 auf und erreichte seinen Arbeitsplatz stets pünktlich. Er lernte das Fiebermessen, das Legen von Sonden; er unterhielt sich viel mit den Kranken und auch mit deren Eltern, die immerfort ihren Nachwuchs besuchten. Vor allem aber war er viel unterwegs: Von einem Zimmer zum anderen und wiederum zum Stationszimmer. Diese körperliche Aktivität war nicht unerheblich! Nach seiner erzwungenen bzw. freiwilligen Sesshaftigkeit während der Pandemie setzte er sich endlich täglich in Bewegung. Wie viele Kilometer zusammen kamen, war nicht feststellbar. Es tat ihm bestimmt gut. Er war beliebt, sodass er wiederum auch seinen Job liebte. Eine Win-Win-Situation.

Durch seine Aufenthalte in Psychiatrie, Ambulanz und nun in der Kinderklinik hatte Philipp die letzten neun Monate nur inmitten von Kranken verbracht und zu ihren Krankheitsbildern immer wieder Erläuterungen erhalten, die er sich präzise merkte. Dieser ständige Kontakt mit dem Außergewöhnlichen bewirkte, dass er in seiner Umgebung nur Kranke witterte, dass er an keinem Menschen eine gesunde Ader vermutete. Seine Urteile verkündete er mit stolzer Sicherheit, als stammten sie von einem studierten Doktor. Jeder landete in einer Schublade, entweder als narzisstische

Mutter, ADHS-Kranker, Borderliner etc. Andrea und Sandra vertieften sich in die entsprechenden aufklärenden Webseiten, um selber möglichen Einordnungen standhalten zu können oder Bekannte von einem Krankheitsverdacht reinzuwaschen.

Aber nicht genug mit diesem Schablonendenken. Philipp suchte nun auch verstärkt die Nähe und die Freundschaft zu Menschen, die in Andreas Augen alle eine Macke besaßen. Bei seiner Einweisung in die Klinik war er schon einige Monate lang mit Julia zusammen gewesen. Eine hübsche Gymnasiastin, die wegen starker Depressionen bereits selber eine beträchtliche Zeit in der Psychiatrie verbracht hatte. Ohne Medikamente lief der Alltag bei ihr nicht. *„Was ich von dort mitgenommen habe? Let me see, das Lesen! Aus purer Langeweile habe ich Bücher verschlungen. Und daraus ist Liebe oder eventuell nur Gewöhnung entstanden. Die Literatur begleitet mich seitdem"*, erklärte Julia offen. Als Kollateralschaden also der Hang zur Lektüre. Bedauerlicherweise trat er bei Philipp nicht zutage.

Als müsse er neue Erfahrungen machen, als betrete er neues Terrain, machte Philipp mit Julia zu Beginn seines Aufenthalts in der Klinik Schluss. Ein Neuanfang musste her, wenn Körper und Seele eine Reinigung erlitten. Bald stand die nächste Schöne an seiner Seite. Emma litt an einem Minderwertigkeitskomplex, da ihre Eltern sie konstant bevormundeten. Eine 18-jährige Gymnasiastin, die kurz vor dem Abitur stand. Den Freundinnen war es offensichtlich egal, dass Philipp diesen Abschluss nicht mehr im Sinn hatte, dass er momentan nichts von einer Schulbank hören wollte, dass er eine Lehrstelle anstrebte. Emma schüttete Sandra ihr Herz aus, als hätte diese nicht genug Sorgen mit ihrem Sohn! Oft weinte sich Emma bei Freund und Mutter aus! Gefiel sich Philipp in der Rolle des Helfers? Als habe er selber keine Hilfe nötig! Tat es ihm gut zu wissen, dass andere ebenfalls gebrechlich waren, dass Vollkommenheit selten vorfindbar ist?

Auch die Freunde suchte er nach dem Schema

Andersartigkeit aus. Überflieger kamen darunter vor, einige mit erstaunlich hohem IQ. Das Gewöhnliche war ihm nicht mehr gut genug. Es mussten ausgefallene Persönlichkeiten her, deren Eigenschaften er gerne unter die Lupe nahm.

Durch die lange Durststrecke während seines Klinikaufenthalts, durch die erzwungene Enthaltsamkeit in puncto Computerspiele hatte sich sein Suchtverhalten gebessert. Der Drang danach war nicht mehr so stark, er konnte ihn in Schach halten. Vielleicht half auch das Medikament, das er nun täglich einnahm. Das berühmt-berüchtigte Ritalin! Vor der Verschreibung wurden Mutter und Kind über die Nebeneffekte aufgeklärt und vor allem darüber, dass es unter das Drogengesetz fällt. Das bedeutet, dass Philipp es unter keinen Umständen weitergeben darf, weder Freund noch Feind, und dass er vor einer Auslandsreise beim Gesundheitsministerium die Genehmigung zur Mitnahme einholen muss. Nur ein Psychiater darf es verschreiben. Die Dosis muss eingestellt werden. Der wichtigste Nebeneffekt in Philipps Fall ist die Appetithemmung. Auf der einen Seite soll er sechs Mal am Tag Essen zu sich nehmen, aber das Ritalin lässt kein Hungergefühl aufkommen. *„Oh, my God! Wo sich mein ganzes Leben eh nur um das Essen dreht! Kaum habe ich zu Ende gegessen, bin ich schon dabei, mich auf den nächsten Snack vorzubereiten. Ich habe es satt, ja richtig satt, immer nur an die Sättigung denken zu müssen!"* „Ich verstehe dich gut, Philipp!", gestand Sandra ein. *„Aber du musst die nächsten Jahre, vielleicht dein ganzes Leben lang, mehr essen als wir Normalsterblichen. Wenn der Körper einmal eine lange Hungerperiode erlebt hat, dann verbrennt er anders. Du benötigst mehr Kalorien als wir. Und dein Normalgewicht hast du leider eh noch nicht erreicht. Aber eins steht fest: Durch das Ritalin ist eine Kommunikation mit dir einfacher geworden. Ich merke sofort, wenn du die Tablette weggelassen hast. Glaub ja nicht, dass das nicht sichtbar wird!"*

„Und da fällt mir eine Begegnung ein, die ich vor ein

paar Monaten mit einem jungen Mann namens Ahmet hatte", mischte sich Andrea in die Unterhaltung ein. *„Er half dabei, Möbel in meine neue Wohnung zu transportieren. Er war total unpraktisch veranlagt. Ich wunderte mich, wieso der kompetente Peter ihn als Helfer engagiert hatte. Gegen sein nettes Wesen ist nichts einzuwenden, nur sein Nutzen war beschränkt. Er bat sich z. B. höflichst an, große Tüten mit leichtem Inhalt in das Fahrzeug zu laden, während das auseinandergelegte Bett noch herumstand. Peter ermahnte ihn: „Wir müssen uns um die schweren, großen Gegenstände kümmern, die Kleinen bewältigt Andrea ohne weiteres." Ahmet hemmte den Umzug eher, als dass er ihn vorantrieb. Man spürte ihn ständig zwischen den Beinen, eine Last eher als eine Erleichterung. Obwohl er sich immerfort willig zeigte. Dann erhielt er den Auftrag, die Kellerwände zu streichen, während Peter die Deckenlampen in der Wohnung anbrachte. Als er mir mitteilte, er sei fertig und der halbe Farbeimer sei unverbraucht, steigerte sich meine Skepsis ihm gegenüber noch weiter. Und tatsächlich: Er hatte die Farbe so dünn aufgetragen, dass ein nochmaliges Malern vonnöten war. Meine Unzufriedenheit nahm beträchtlich zu! Dann kam die Wende: Auf der Rückfahrt im Auto fragte ich ihn über seine Herkunft usw. aus. Sein Englisch stellte sich als hervorragend heraus. Ich wurde stutzig. Gehörte er also nicht zu jener Flüchtlingsgruppe, von der ich allwöchentlich einige junge Leute betreute, die nur ein paar Worte Englisch bzw. Deutsch stammelten? War er sogar auf eine Privatschule in seiner Heimat Syrien gegangen? Ich glaubte, dies herauszuhören. Mein Staunen wurde immer grenzenloser. Denn von Beruf war er Informatiker! Die Hilfeleistung beim Umzug keinesfalls aus der Not heraus, nein, Ahmet bekleidete eine ungekündigte Arbeitsstelle. Ich traute meinen Ohren nicht! Wie passte der hochkarätige Beruf zu seiner Schludrigkeit? Ich konnte es mir nicht zusammenreimen. Eine Woche später half mir Peter, diesmal solo, bei einigen Kleinigkeiten. Somit ergab es sich,* *dass ich ihn über Ahmet ausfragen konnte. Der junge Mann habe ein Handicap, erklärte er mir. Er habe ADHS. Er nehme unter der Woche, um sich für die Arbeit fit zu halten, sein Medikament, lasse es aber am Wochenende weg. Kein Wunder also, dass er am vorangegangenen Samstag unkonzentriert, unzuverlässig, abwesend gewirkt hatte. Aber für seine offizielle Arbeit riss er sich zusammen, erbrachte bravourös das von ihm erwartete Pensum. Ja, die Firma bzw. ein Headhunter habe ihn sogar direkt aus Syrien abgeworben! So gut war er! Mit dem Medikament war er vollauf leistungsfähig. Er würde es wahrscheinlich ein Leben lang einnehmen müssen, um den hohen Anforderungen in der Arbeitswelt standhalten zu können. Aber Ahmet ist auf jeden Fall ein Beispiel für ein gelungenes Leben trotz oder mit der Krankheit. Sie ist ein überwindbares Hindernis! Philipp, du solltest dich durch sie nicht einschüchtern lassen! Es gibt auch mit ihr ein Vorankommen. Das hat mir Ahmet gezeigt und ich hoffe dir ebenfalls!"*

Philipp und sein Innenleben

Der Wecker klingelt. 5 Uhr 15. In der Früh. Philipp dreht sich im Bett noch einmal auf die Seite. *„Ach nein! Aufstehen müssen, wobei ich hier doch so weich und warm liege!"*, stöhnt er vor sich hin. Aber es hilft nichts. Die Arbeit ruft, sein freiwilliges soziales Jahr, seine Tätigkeit an der Kinderklinik. Pflichtbewusst schwingt er sich hoch, eilt ins Bad, zieht sich geschwind an, die gestrige lange Hose, ein sauberes T-Shirt und bereitet sich in der Küche einen Milchkaffee. Mit dem Salamibrot in der Hand schlendert er gedankenversunken, abgetaucht in seine eigene Welt, zur Straßenbahn. Er könnte ja radeln bei dem schönen Wetter. Aber nein, immer noch schwebt das Damoklesschwert des Kalorienverbrauchs über seinem Kopf. *„Im Grunde genommen laufe ich in der Klinik viel zu viel hin und her. Kein Wunder also, dass ich am Abend zu nichts mehr Lust habe. Bin total erschöpft. Ausgelaugt. Aber diese Tätigkeit erfüllt mich, denn ich werde gebraucht. Die Kinderaugen leuchten auf, wenn ich das Zimmer betrete. Die Kleinen wissen, dass ich mir Zeit für sie nehme, für ihre Sorgen, ihre Furcht lindere. Es ist schon traurig, wenn man in so jungen Jahren weiß, dass man eine schlimme Krankheit im Körper mit sich trägt, sie nie loswerden wird. Ja, so wie ich meine. Die wird mich auch nicht verlassen. Es ist aber auf jeden Fall ein Fortschritt zu wissen, woran man leidet. Das macht sie erträglicher! Wenn ich bedenke, wie oft ich in der Schule wegen meines Andersseins gemobbt, geärgert wurde! Man verstand meine Eigenart nicht. Tja, ich ja ebenso wenig. Ich fiel auf. Manchmal zog ich mich einfach zurück, denn ich brauchte Distanz; ich konnte die Menschen, die Unterhaltungen nicht ertragen! Heutzutage sage ich einfach: Ich bin nicht im Konversationsmodus. Damit ich in Ruhe gelassen werde. Ja, aber früher, als ich z. B. die Grundschule besuchte, da war ich noch nicht so weit. Da* kannte ich ja meine eigenen Bedürfnisse nicht. Erklären konnte ich mir mein Verhalten nicht, geschweige denn den anderen! Es war mir ein Rätsel, ebenso wie es eins für meine Mitmenschen darstellte. Jetzt habe ich eine Deutung durch die Diagnose ADHS. Wenn wir alle früher davon gewusst hätten, hätte sie uns allen weitergeholfen, das Zusammenleben vereinfacht. Man wäre toleranter mir gegenüber gewesen. Gerade in der Schule. Die Kinder waren grausam zu mir. Was kann ich für meine Krankheit? Ich bin total unschuldig. Ebenso wie es hier in der Klinik die Krebskranken oder epileptischen Kinder sind. Ich wurde gemieden. Man tuschelte über mich. Einige Freunde fand ich dennoch immer. Im Kindergarten den Tobias. Ich erinnere mich gerne an ihn. Wir spielten harmonisch miteinander. Aber im Beisein der anderen Kinder wurde er oft aggressiv. Er schlug um sich. Die Erzieherin musste eingreifen, ihn isolieren. Mittlerweile ist mir klar, was mit ihm los war. Er war Autist. Er ertrug die Gesellschaft anderer nur eine gewisse Zeit lang. Dann brauchte er vollkommene Stille um sich herum, zog sich zurück, kapselte sich ein in sein Schneckenhaus. Wie gut kann ich ihn aus heutiger Sicht, mit meinen jetzigen Kenntnissen verstehen! Mir geht es ja genauso! Es war zweifelsohne seine Sonderlichkeit, die mich anzog, da ich sie ebenfalls, aber noch nicht so stark ausgeprägt, in mir trug. Merkte unbewusst, dass wir zusammengehörten, dass uns etwas von der Mehrheit unterschied, trennte. Was wohl aus ihm geworden ist? Vielleicht ein Mathematikgenie? Who knows? Er wurde auf Drängen einiger Eltern aus dem Kindergarten entfernt. Von wegen Inklusion! Er kam hin und wieder zu uns zum Spielen, dann verschwand er aus meinem Leben. A pity! Ich mochte ihn halt sehr.

Eingeschult wurde ich mit fünfeinhalb. Zu früh, könnte man nun im Nachhinein behaupten. Ich war natürlich stets der Kleine, die ganze Schullaufbahn hindurch. War es ein Fehler oder doch keiner? Weiß man's? Vielleicht stellte der

Altersunterschied in den letzten gymnasialen Klassen tatsächlich ein Hindernis für meine Integration dar. Da machte sich der Reifeunterschied, die körperliche Entwicklung stärker bemerkbar, die anderen Jungen in der Pubertät und ich noch ein Kind! Was die Freunde in der Grundschule anbelangt, so beschränkte ich meine Auswahl auf „normale", keine, die bemerkenswerte Macken aufwiesen, soweit ich es im Nachhinein beurteilen kann. Und dennoch! Kleine Auffälligkeiten waren doch da. Vielleicht war es bei Daniel die Tatsache, dass die Eltern geschieden waren, dass er mal eine Woche bei der Mutter, dann wieder beim Vater wohnte, dass dieses ungeregelte Dasein ihn ein wenig zum Außenseiter machte. Ich spürte mich offensichtlich schon früh von Wesen angezogen, die nicht dazu gehören, die einfach anders durchs Leben gehen, die es dadurch schwieriger haben, mehr Hürden überwinden müssen. So wie ich halt. Gleiches gesellt sich gern. Die Normalos grenzten mich aus. Ich durfte im Pausenhof nicht an den gemeinsamen Spielen teilnehmen, wurde zu den Geburtstagen nicht eingeladen. Abgesehen von Daniel war da noch Peter. Der ging auf eine andere Schule, erlebte nicht, wie ich gedemütigt wurde. Er selber fast ein Außerirdischer dadurch, dass er mit seinen zehn Jahren schon die halbe Welt bereist hatte: Geboren im Fernen Osten, aufgewachsen in Afrika, eingeschult in Paris usw. Sprach vier Sprachen so wie ich auch. Ich glaube, das einte uns. Wer beherrschte schon in unserem Alter so viele Sprachen? Ich lernte schnell, meine besonderen Fähigkeiten nicht zur Schau zu stellen. Sie riefen nicht Bewunderung aus, sondern im Gegenteil Ablehnung, Widerwillen, Abwehr und Abkehr. Meiner Mutter erzählte ich nichts. Man hat ja als Kind bereits so seine Geheimnisse, auch wenn sie weh tun. Ich konnte die Ablehnung durch meine Mitschüler nicht gut verarbeiten. Sie machte mir enorm zu schaffen. Da ich eh Schwierigkeiten hatte, mich im Unterricht zu konzentrieren – eines der Mankos bei der ADHS –, konnte ich nicht mit guten Leistungen brillieren. Hätten die anderen mich dann eher respektiert? Vielleicht. Sport interessierte mich auch nicht sonderlich. Obwohl ich kein schlechter Schwimmer war. Mit Andrea habe ich alle Abzeichen gemacht, inklusive Gold. Vom Rettungsschwimmer riet sie mir ab, denn der verpflichtet zur Rettung Ertrinkender. Das kann gefährlich für den Retter werden, meinte sie! Fußball fand ich echt blöd. Stets hinter einem Ball herlaufen. Nicht mein Fall. Ich las im Grundschulalter viel. Meine Bibliothek wuchs ständig an. Ich hatte aber kein Spezialgebiet. Ein Freund hatte sich hingegen mit dem Mittelalter befasst, ein anderer mit Mondlandungen und dem Astronautenleben – sein Zukunftstraum wohl. Ich wurstelte mich so durch, durch die gesamte Grundschule, kam ins Gymnasium und da besserte sich auf der Kontaktebene absolut gar nichts. Ich freundete mich mit zwei mir um zwei Jahre älteren Mädchen an. Verkörperten sie eine Art Mutterersatz? Stammte die Idee, mir meine schönen blonden Haare zu färben, von ihnen? Mal waren sie rot, mal grünlich. Wir amüsierten uns. Bis es aufgrund einer Lappalie zum Bruch kam. Aber total. Es schmerzte. Ich fühlte mich einsam. Aber das Handy bietet ja Ersatzmöglichkeiten. Ich traf mir unbekannte Mädchen, ging mit dem einen eine gewisse Zeit lang, dann trennten wir uns und das nächste kam an die Reihe. Ich muss gestehen, ich war sehr unbeständig, vielleicht sogar launisch. Und auch hier pickte ich mir Persönlichkeiten heraus, die nicht zum Establishment gehörten. Anja trug mit ihren 14 Jahren die Schminke heftig auf, wobei sie mit der Netzstrumpfhose zum kurzen Röckchen hinreißend aussah. Ein Püppchen halt! Hübsch anzusehen, aber sie sprach kein Wort. In ihrer Familie nicht beachtet. Beiseitegelegt. Das tat ich bald auch! Silvia ganz anders, aber sie hatte die Psychiatrie von innen kennen gelernt. Depressionen. Suizidversuche. Mama meinte: „Kannst du nicht mal Nullachtfünfzehn-Menschen begegnen? Wär' doch mal einen Versuch wert!" Ich brauchte aber diese Gemeinsamkeiten, diese Auffälligkeiten. Ich fing an, jeden und jede zu analysieren. Ich las im Internet nach. Das

Psychologisieren machte mir Spaß. Für jeden fand ich eine entsprechende Schublade. Oder ich führte – für die Betreffenden bestimmt nervige – Interviews. Hatte mir den Fragenkatalog aus dem Internet gemerkt, bohrte bei Fremden oder Bekannten nach, ließ nicht locker, beharrte auf eine Antwort. Ich weiß, dass ich den Leuten lästig wurde. Ich war aber von der Richtigkeit meiner Theorien, meiner Katalogisierung überzeugt, bin es immer noch. Ich kenne mich auf dem Gebiet des Borderliners, des Depressiven, des Narzissten usw. bestens aus. Liege mit meinen Diagnosen selten daneben!

Mama hat eine harte Zeit durchgemacht. Ich aber auch, sage ich ihr! Die Diagnose zu erhalten, ist niederschmetternd, mit ihr zu leben, sie zu akzeptieren, verdammt schwierig. Und dieser Klinikaufenthalt erst mal! Wer da nicht drinnen gewesen ist, kann sich das nicht vorstellen. Fast wie im Gefängnis, deiner Freiheit beraubt, eingesperrt. Ich sehe ein, er hat mir gutgetan, mich vielleicht gerettet. Zuhause bekamen wir es nicht hin, dass ich mehr aß und konsequenterweise, dass ich zunahm. Ich verstehe, dass Mama verzweifelte. Sie hätte erkranken können, denn sie war mit den Nerven am Ende. Andrea hat sie periodenweise begleitet. Nicht, dass sie sich um mich gekümmert hätte, nein, das ließ ich nicht zu. Sie war für Mama eine willkommene Unterstützung, Ablenkung, Hilfestellung. Ich glaube, inzwischen kommen wir alle mit meinem Zustand zurecht. Er erfordert halt Rücksichtnahme. Einfach ist es für uns alle nicht. Ein Normalo wäre akzeptabler, aber den kann ich nicht bieten. Was soll's! Wir müssen da alle durch und schaffen es auch.

Seit Herbst bin ich in der Klinik tätig. Ich glaube, Mama ist verwundert und gleichzeitig erfreut, dass ich dabeibleibe, durchhalte. Sie hat wohl befürchtet, ich würde nicht bei der Stange bleiben. War sich unsicher über meine mögliche Unsicherheit! Und es steht für mich fest, dass ich im Anschluss an mein freiwilliges soziales Jahr die Ausbildung zum Pfleger antrete. Rückkehr zur Schule ist für mich ausgeschlossen. Ich weiß, dass es hauptsächlich Oma wahnsinnig schmerzt. In unserer Familie legen alle so großen Wert auf Diplome, auf akademische Grade. Es zählen nur Menschen mit Titeln. Ich glaube, die schlimmste ist Oma. Sie missachtet Nichtakademiker. Ein Handwerker ist ein Nichts in ihren Augen. Aber das gehört sich so nicht. Ein jeder kann auf seinem Gebiet etwas leisten und seine Erfüllung finden. Oma fällt es irre schwer, dies einzusehen, d. h. sie sieht es überhaupt nicht ein. Ich habe versucht, auf sie einzureden, aber ohne Erfolg. Sie ist halt zu alt, um ihre Meinung zu revidieren und zu einer vernünftigen, modernen Einsicht zu gelangen. Erwarte ich zu viel? Aber lieb habe ich sie trotzdem!

Meinen Körper habe ich in den letzten Jahren versteckt. Natürlich schämte ich mich! Haut und Knochen war ich! Jetzt habe ich Fleisch an den Gliedern, jetzt trage ich T-Shirts, stelle meine gewonnenen Kilos zur Schau, immer noch zu wenige... In ein Schwimmbad habe ich mich nicht getraut. Hätte die musternden, kritischen auf mich gerichteten Blicke nicht ertragen! Im Sportunterricht in der Schule habe ich es geschafft, mit langärmligen Pullis meine Abgemagertheit zu kaschieren und keinerlei Aufsehen zu erregen. Oder es hat sich kein Lehrer die Mühe gemacht, genauer auf mich zu schauen. Sehr wahrscheinlich sogar! Aber auch Mama konnte ich täuschen, die Wahrheit über meinen Körper verheimlichen. Es war mir nicht bewusst, dass Untergewicht eine reale Gefährdung für die Gesundheit darstellt. Für die Mädchen zählte nur mein Gesicht, mein Aushängeschild. Sie waren ja alle zu jung, um meinen wahren Zustand zu erkennen. Wenn nicht mal die Erwachsenen dazu imstande sind! Dumm nur, dass ich mir auch noch diesen krassen Vitamin-D-Mangel zugezogen habe. War halt nie in der Sonne, nie draußen. Hab mich nach der Schule sofort in mein Zimmer verzogen. Mich auf den Computer gestürzt, bin in eine andere Welt abgetaucht, weg von der Schule mit ihrem lästigen Leistungsdruck. Den bringen die Computerspiele auch, sagt man mir. Ich empfinde es nicht so. Komisch, nicht wahr? Der Grund ist vielleicht der, dass mir der Wettbewerb am Computer Spaß macht – im Gegensatz zur Härte im schulischen Bereich, die bei mir nur Lustlosigkeit hervorruft. Tatsächlich handelt es sich ja bei diesen Spielen eher um Wettkämpfe, und wenn ich ganz ehrlich bin, ums gnadenlose Kämpfen! Kaum zu glauben, wie blutrünstig man vor einem Bildschirm sein kann. Dadurch, dass kein echtes Blut fließt, wird das Töten einfach! Dieser Instinkt steckt tief in uns drinnen. Aber wir merken es nicht! Jetzt habe ich die genügende Reife, um ihn zu erkennen. Und trotzdem kann ich nicht vom Spielen lassen! Es hat mich in seiner Gewalt. Es packt mich jedes Mal von Neuem. Denn die Produzenten sind genial! Sie haben eine Kategorisierung erstellt, ein Belohnungssystem durch Grade – so etwa wie Abzeichen und Ränge beim Militär -, das ganz einfach süchtig macht. Die Zensuren in der Schule hingegen beeindrucken mich nicht im Geringsten. Woran liegt es? Ich bin halt gut in den Spielen. Inzwischen weiß ich, dass ein ADHS-ler eine Belohnung sofort benötigt. In der Schule dauert es ein paar Tage, bis man das Ergebnis, die Zensur zur Klassenarbeit erfährt. Nicht so bei diesen Spielen. Hier läutet unverzüglich eine Glocke, Lichter leuchten auf. Man fühlt sich gelobt, anerkannt. Von wem überhaupt? Da ist ja niemand. Macht nichts. Es ist so, als würde die ganze Computerwelt geschlossen aufstehen und applaudieren. Verwegen so zu denken, könnte man meinen. Aber das Glücksempfinden ist eben da. Unweigerlich und echt! Solch ein Gefühl hat die Schule noch nie in mir hervorgerufen. Die müsste ihr System ändern. Zumindest für uns ADHS-ler. Wir benötigen die unmittelbare Anerkennung. Mit einer Aufschiebung können wir nichts anfangen. Ich habe von einem Test gelesen: Man könne sofort 10,- Euro erhalten oder 100,- nach drei Monaten. Die Normalos können gut rechnen und warten den Zeitraum ab, wir ADHS-ler sind dazu nicht imstande und nehmen die mickrige Sofortauszahlung in Anspruch. Das klingt krankhaft und ist es auch. Wir sind anders gestrickt. Wir leben im Hier und Jetzt. Die Zukunft ist uns zu weit entfernt, nicht greifbar. Findet sie überhaupt statt? Ist in unseren Augen fraglich. Wir ziehen sie gar nicht in Betracht. Nach dem Motto: Was man hat, hat man. Pragmatisch sind wir. Das kann nicht jeder verstehen, noch weniger akzeptieren. Deswegen werden wir geoutet. Aber wir werden anscheinend immer mehr. Wo waren wir früher? Wir waren schon immer da. Wir blieben unerkannt, unerforscht. Inzwischen sind wir sichtbar geworden. Man weiß von und über uns. Somit wird es für manch einen einfacher. Gott sei Dank!

Da ist dieses Medikament. Ritalin. Hat keinen guten Ruf. Es werden damit zu viele Kinder ruhiggestellt. Die Zappelphilippe halt. Die Unruhestifter. Die motorisch Unkontrollierten. Die in Kindergärten und Schulen den geregelten Tagesablauf stören. Ich nehme es seit einigen Monaten nun auch. Nicht dass ich nicht stillhalten könnte. Dieses Symptom trat bei mir nie auf, abgesehen von gelegentlichem Zittern der Beine. Ein Nachteil in meinem Fall besteht darin, dass dieses Mittel appetithemmend wirkt. Und ich soll doch noch zunehmen! Habe doch erst das Minimalgewicht für meine Größe und mein Alter erreicht! Immer diese Kollateralschäden! Die Liste in diesem Fall ist sozusagen unendlich. Lieber nicht lesen! Denn es geht kein Weg um diese Pillen vorbei. Wenn ich ins Ausland führe, bräuchte ich für deren Mitnahme sogar eine Genehmigung vom Gesundheitsministerium. Da sie unter das Drogengesetz fallen. Deswegen auch das Verbot der Weitergabe an andere Menschen. Diese Vorsichtsmaßnahmen haben Mama sehr erschreckt. Etwas Besseres scheint es nicht zu geben. Positiv wirkt sich Ritalin auf die Konzentrationsfähigkeit aus. Na ja, hätte mir in der Schulzeit einer sagen sollen. Damit hätte ich, statt zerstreut zum Fenster hinauszuschauen, vielleicht ein wenig aufgepasst im Unterricht. Aber die Zeit ist nun absolut vorbei, wünsche ich mir nicht mehr zurück!

Ritalin soll auch gegen die Prokrastination helfen. Ein tolles Wort! Das bezieht sich auf das Einhalten von Terminen, Planung im Voraus von Abmachungen zu bestimmten Daten. Das gelingt mir nur schwer. Man hält mir vor, ich könne ja aufschreiben oder ins Telefon ein Datum eintippen. Aber bitte sofort! Wenn ich auch nur eine kurze Zeitspanne verrinnen lasse, dann ist die Vereinbarung aus meinem Kopf heraus. Weggeblasen. Durch die Einnahme von Ritalin werde ich zuverlässiger. Aber ich will doch nicht pillenabhängig werden! Also lasse ich die Tablette immer wieder mal weg. Mama meint, sie merke sofort an meinem Verhalten, ob ich sie eingenommen habe oder nicht. Ob das stimmt? Ich kann mich ja von außen nicht betrachten. Aber sie hat wohl recht. Denn in der Klinik hat man mich auch schon angesprochen: Was ist denn heute mit dir los? Du solltest doch das und das tun... Es steckt keine böse Absicht dahinter. Ich komme nicht dagegen an. Alleine nicht. Und von anderen mir was sagen lassen, nein danke. Also doch die Tablette? Um zu funktionieren – wie man so schön sagt – brauche ich sie anscheinend schon und sie bewirkt eine Besserung. Ich bin dann akzeptabel, füge mich in das Räderwerk. Ob ich eines Tages ohne Medikament auskommen werde, wird sich mit der Zeit zeigen. Kein angenehmes Szenario, wenn ich es bis ans Lebensende bräuchte.

Zurück zur Prokrastination. Lateinischen Ursprungs: pro=vorwärts, crastinum=morgiger Tag. Die Unfähigkeit zu planen, Ziele zu verfolgen, Prioritäten zu setzen, ständiges Aufschieben oder Vermeiden der auferlegten Aufgaben, fehlendes Selbstmanagement. Irgendwo habe ich ein Plakat mit folgender Aufschrift gelesen: „Wir machen alles – entweder übermorgen – oder später – oder überhaupt nicht!" Verdammt! Ja, genau so ist es. Wir überspringen auch gleich das Heute oder das Morgen! Am liebsten natürlich verrichten wir das Verlangte gar nicht! Traurig, aber wahr! Dementsprechend höre ich auch ständig Kommentare wie: Du bummelst schon wieder vor dich hin oder noch schlimmer, ich sei ein Drückeberger. Es fällt mir selbstverständlich leichter, angenehmere Aufgaben als die von mir geforderten zu erledigen. Meiner Meinung nach ist bei uns ADHS-lern der wahre Ursprung von Prokrastination auf unsere Unfähigkeit zurückzuführen, Selbstgespräche zu führen. Nicht falsch verstehen! Es handelt sich nicht um das Vor-sich-hin-Murmeln, wie es ältere Menschen tun. Überhaupt nicht. Es meint die innere Auseinandersetzung mit sich selber in Bezug auf Verrichtungen, Begegnungen, Vorkommnisse, die noch vor uns liegen. Antizipation nennt sich das. Die Normalos stellen sich auf diesem Weg auf künftige Handlungen ein. Sie bereiten sich im Stillen durch Abwägungen, durch die Auseinandersetzung mit einer Problematik auf eine Problemlösung vor. Total verrückt in meiner Sichtweise! Ein innerer Dialog, als wäre ich zwei in einem! Unmöglich, unvorstellbar in meinen Augen. Das führt doch zur Aufspaltung der Persönlichkeit! Nein, sagt man mir, das hilft, um im Leben weiterzukommen! Schaffe ich nicht! Sei es den Normalos gegönnt! Ich hingegen stürze mich Hals über Kopf in eine Situation hinein. Und es stimmt: Oft erlebe ich eine Bruchlandung! Dann wäre die gedankliche, innere Vorbereitung doch nützlich gewesen? Ich kann aber leider nicht über meinen eigenen Schatten springen. Also werde ich weiterhin Niederlagen erleben. So traurig es auch sein mag!

Bei uns gibt es nun eine Art Arbeitsteilung, na ja, eine Aufgabeneinteilung. Ich soll lernen, Verantwortung zu übernehmen, eine Verpflichtung umzusetzen. Mir gar nicht angenehm, aber ich füge mich. Halbwegs. Mein Zimmer soll ich selber in Ordnung und sauber halten. Auch das Bad ist mein Revier. Ebenso wie das Ausräumen des Geschirrspülers. Alles soll ich ohne wiederholte Aufforderung erledigen. Das klappt nicht immer. Komme schon!, schreie ich zur Mama in der Küche. Aber selbstverständlich stehe ich nicht sofort auf. Das Computerspiel möchte ich ja noch schnell zu Ende führen.

Ja, und dann, in meine Kampfwelt abgetaucht, vergesse ich den Auftrag. Er entfällt mir total. Null Motivation für so etwas. Mama genervt! Obwohl es doch im Grunde genommen keine Rolle spielt, ob das Geschirr eine Stunde mehr oder weniger in der Maschine herumsteht. Aber nein, Mama besteht darauf, dass es JETZT gemacht wird. Die sogenannten Erziehungsmaßnahmen. Mir geht es natürlich gegen den Strich! Die Konsequenz? Streitereien! Mama verzweifelt. Ich entschuldige mich. Wir umarmen uns. Aber uns beiden ist es klar: Das war nicht das letzte Mal. Ich möchte mich ja bessern, nur wie schaffen?

Die schlauen Psychologen empfehlen deswegen ein Belohnungs- und Bestrafungssystem. Ob es wohl immer angemessen oder verhältnismäßig ist? Und durchführbar? Wenn das Kind einen Schaden angerichtet hat – z. B. etwas zerbrochen ist -, so sollte es auch selber die Scherben wegräumen und die Ordnung wiederherstellen. Nach dem Motto: Wiedergutmachung! Ein wichtiger Punkt ist die sofortige Durchsetzung der Strafe oder des Lobes, wenn letzteres zutreffen sollte! Die effektivste Methode besteht wohl im Entzug von Privilegien, denn dieser tut echt weh! In meinem Fall heißt die Währung: Computerzeit. Wie konnte es anders sein? Damit werde ich gelockt. Wenn ich das Geforderte vollbringe, stehen mir mehr Minuten für die Computerspiele zur Verfügung, ansonsten weniger. Als wäre ich ein kleines Kind. Etwas Besseres ist den Experten nicht eingefallen. Diese Methode wird in der einschlägigen Literatur als Heilmittel gepriesen. Für die einen bedeutet es mehr Süßigkeiten, für andere die Erlaubnis, Filme anzuschauen, jeder wird anhand der eigenen Vorlieben angezogen. Bei mir bewirkt es letztendlich ein Nachlassen des Interesses an den Computerspielen. Vielleicht ein willkommener Nebeneffekt, der bereits einkalkuliert war. Nicht schlecht. Oder vielleicht bin ich durch die Tätigkeit in der Klinik zu erschöpft. Die Spiele beanspruchen ja eine starke

Konzentrationsfähigkeit. Die lässt nach einem anstrengenden Arbeitstag zu wünschen übrig. Tritt sogar ein Entwöhnungsprozess ein? Der wäre eindeutig in Mamas Interesse. Aber so weit sind wir noch nicht!

Ich habe auch versucht, Mama meine Kunstfertigkeit in puncto Computerspiel nahe zu bringen. Denn sie hat ja keine Ahnung, wie meine Spiele funktionieren. Also habe ich sie erstmal mit ihnen vertraut gemacht. Sie hat sich ehrlich interessiert gezeigt, das muss ich ihr hoch anrechnen! Es handelte sich nicht um Getue! Dann hat es tatsächlich eine Weile gedauert, bis sie die Vorgehensweise kapiert hat. Aber gut war sie nicht. Eher a catastrophy! Man braucht Übung. Logo! Nun versteht sie zumindest, womit ich mich beschäftige. Ich sehe keine Pornos, bin nicht im Darknet unterwegs. Sie war danach sichtlich erleichtert, wohl von Ängsten befreit. Söhnchen macht doch nicht so schlimme, gefährliche Dinge, taucht nicht ab in dunkle Sphären. Andrerseits muss sie ja auch eingestehen, dass sie selber den ganzen Tag vor dem Bildschirm hockt. Es ist ihre Arbeit, das sehe ich ein, aber bestünde für sie nicht die Möglichkeit, zwischendurch unbeobachtet irgendwie abzudriften? Nein, ich will ihr das überhaupt nicht unterstellen! Sie ist die gewissenhafte Ernährerin für uns beide. Sehr lobenswert. Sie ist tüchtig und eine hoch anerkannte Expertin auf ihrem Gebiet. I admire her!

Neulich hatte ich ein nettes Erlebnis mit Andrea. Davon muss ich unbedingt berichten. Sie lud mich ins Kino ein, wobei ich sogar den Film auswählen durfte. Ob sie danach happy war, stelle ich stark in Frage. Ich musste überhaupt nicht überlegen, denn seit Tagen wartete ich auf die Gelegenheit, mir den neuen „Spiderman" anzuschauen. Begeistert war Andrea bestimmt nicht von meiner Wahl, aber wir fuhren am selben Abend zur Vorstellung. Ich holte mir eine große Tüte Popcorn und eine Cola. Das gehört einfach dazu, wenn man sich ins Kino setzt. Andrea fasste natürlich nichts davon an. Ich fand den Film klasse, musste ihn schließlich

Andrea vollständig erklären, denn sie war ziemlich verwirrt. Sie meinte, der ständige schnelle Wechsel der Figuren, die changierenden Lichteffekte, die Strahlen, die direkt auf sie selber einzustechen drohten, empfand sie fast als eine Attacke auf sie. Sie war schier von der Menge der Bilder überfordert, ermüdet. Unverständlich für mich. Aber sie erklärte mir, sie sei solch einer intensiven Einwirkung auf ihre Sinnesreize nicht gewohnt. Tja, wenn man dieses Werk mit einer romantischen Liebesgeschichte vergleicht, wo ein Pärchen bei Sonnenuntergang gemütlich einen Strand entlang schlendert, na ja, dann kann ich Andrea schon verstehen. Für mich wäre so eine Lovestory natürlich stinklangweilig. Und ich bin durch die Computerspiele die Action gewohnt. Noch schlimmer: Ohne diese rapide Abfolge von Eindrücken ist ein Film oder ein Spiel für mich wirkungslos. Wir jungen Leute brauchen wahrscheinlich diese Lebendigkeit, dieses Nonstop im Geschehen und im Ablauf. Das ist wohl wie mit der Musik: Wenn wir sie nicht auf maximale Lautstärke aufdrehen, dann empfinden wir keinen Genuss. Unsere Körper müssen mitvibrieren, von der Intensität der Musik angestachelt werden. Uns trennt offensichtlich ein Riesengraben von der Welt der älteren Menschen. Dennoch ist es uns immer wieder möglich, eine Brücke zu ihnen zu finden oder zu bauen. Ich fand es sehr lieb von Oma, dass sie sich die Zeit nahm, mit mir einen mir genehmen Film anzuschauen. Ich bezweifle, dass viele Großmütter sich zu so etwas herablassen, sich opfern. Hut ab, Andrea! And thanks! I love you!

Immer wieder bin ich natürlich auf der Suche. Nach den Gründen. Für mein ADHS. Ich weiß, dass Mama sich Vorwürfe macht. Das machen sich bestimmt alle Eltern, egal, was mit dem Kind los ist. Denn Fehler begeht jeder, mal mehr, mal weniger, meist ungewollt und unbewusst. Aber in meiner Biografie gibt es ein paar handfeste Begebenheiten, die man als aufschlussreich bezeichnen kann. Ich werde sie aufzählen, ohne damit Anklage zu erheben! Eine Faktenliste, nicht mehr.

Kaum ein paar Tage alt, wurde ich beschnitten – nicht aus religiösen, sondern aus hygienischen, gesundheitlichen Überlegungen. Als Prävention gegen eine Phymose. Leider erlitt ich eine Entzündung und musste von Mama getrennt und für einige Tage ins Krankenhaus verlegt werden. Verursachte diese Isolierung von meinen Eltern ein Trauma? Who knows? Als ich dann ca. anderthalb Jahre alt war, verließ Mama meinen Papa und zog mit mir zu Andrea und Raul nach Buenos Aires, riss mich raus aus dem Nest, aus der bekannten Umgebung. Das brachte mich bestimmt stark durcheinander; ist eine derartige Veränderung für so ein junges Wesen überhaupt nachvollziehbar, verständlich? Obendrein die Skypesitzungen und die Flüge zu Papa. Ein verwirrendes Bäumchen-wechsel-dich-Spiel für mich kleines Bürschchen. Zusätzlich das Durcheinander der Sprachen; welches Chaos in meinem jungen Köpfchen! Englisch und Deutsch, diese zwei beherrschte ich bei meiner Ankunft in Argentinien. Drei Jahre später verließ ich es mit einer dritten, Spanisch, in Richtung Deutschland. Gerade mal fünf geworden! Das war doch sicherlich anstrengend, vielleicht sogar eine Überforderung. Auch wenn man behauptet, ein kindliches Gehirn könne verschiedene Sprache sehr gut aufnehmen. Mit fünfeinhalb in Frankfurt eingeschult, ein Jahr später mit einem neuen Land und einer weiteren Sprache konfrontiert: Frankreich. Pas de problème! Ich nahm auch diesen Schatz mit Schnelligkeit auf. Und ich bekam einen zweiten Papa, Fritz. Sie hatten sich ineinander verliebt, Mama und Fritz. Seine Anwesenheit bei uns war von Wichtigkeit, denn Mama hatte eine anstrengende, aufregende Arbeit, war öfters für ein bis zwei Wochen in fernen Ländern unterwegs. Ich gewöhnte mich schnell an ihn, er kümmerte sich tadellos um mich. Ich ziehe jetzt im Nachhinein den Hut vor ihm. Nicht jeder junge Mann würde sich mit voller Inbrunst in diese Rolle des Hausmannes und zugleich des Ziehvaters eines fremden Kindes stürzen. Er tat es. Und wir hatten uns gern, sehr gern sogar!

71

Fritz ersetzte Andrea, die mich in Frankfurt ein Jahr lang voller Aufopferung versorgt hatte. Ich sehnte mich bestimmt nach ihr und Raul, aber die neuen Eindrücke halfen schnell darüber hinweg. Es war die zweite Trennung von geliebten, mir teuren, wichtigen Menschen. Wie verkraftet ein Kind so etwas? Schwer zu sagen, welche Wunden ich auf diese Weise mit mir, in mir herumschleppte. In Lyon musste ich nun neue Freunde finden, um sie fünf Jahre später wieder zu verlassen. In Leipzig nochmals Neuanfang. Mit elf der fünfte. Krasse Leistung, könnte man meinen. Alles allerdings nichtig im Vergleich zur schlimmsten aller Herausforderungen: Die Pandemie. Homeschooling, Isolierung, Einsamkeit, Verzweiflung, Unsicherheit. Aus dieser Spirale verhalfen mir die Computerspiele. Während einige Kinder zu viel bzw. zu wenig aßen, entdeckten wiederum andere die Drogen, den Alkohol, die Zigaretten. Jedem seine Sucht, sein Ausweg, sein Fluchtweg. Es war das Virus, das die Anzahl der Abgedrifteten in die Höhe schießen ließ. Es hat uns in den Abgrund getrieben. Einige tief. Die Praxen der Psychologen überfüllt. Wartezeiten von mehreren Monaten. Aber ohne diese Hilfestellung ging es bei vielen, auch bei mir, nicht vorwärts. Endlich kam ich an die Reihe. Ich verstand mich gut mit ihr. Auch sie konnte ich hinters Licht führen. Mein ADHS-Syndrom blieb unerkannt. Dann das Erlebnis in der Klapse. Schrecklich. Bitte nie wieder! Den Erfolg muss ich aber anerkennen: Gewichtszunahme und Diagnoseerstellung! Nicht schlecht! Aber über diese Zeit zu sprechen, ist schmerzhaft. Möchte sie am liebsten ausmerzen, wegradieren aus meinem Gedächtnis. Es wird noch eine Weile dauern, bis ich darüber hinweg bin.

Ein kleines Wesen erweiterte eines Tages unsere Familie. Nein, kein Baby, aber eine Katze. Wir gehörten zu den vielen in der Pandemiezeit, die sich ein Tier aus einem Heim holten. Sie war die letzte, die übrig gebliebene. Wir nahmen sie trotzdem. Obwohl blind auf einem Auge, viel zu alt, ca. neun Jahre alt, mit Nierenproblemen. Aber unser Entschluss stand fest. _Wir_ brauchten sie vielleicht mehr als umgekehrt. Dank der Medikamente, dank der ausgewogenen Ernährung, dank des Auslaufs verwandelte sich ihr Fell in kurzer Zeit zu einer leuchtenden Pracht; außerdem schnurrte und schmuste sie freudig und erhellte unser Dasein. Ihre hervorragendste Eigenschaft ist die der Psychologin. Sie wandert in das Bett desjenigen, der ihre Zärtlichkeit, ihre Präsenz am meisten benötigt, dem es am dreckigsten an diesem Tage geht. Sie gehört dazu, zu unserer Familie. Und ich rate Oma immer wieder, sich doch auch ein Haustier anzuschaffen. Sie möchte sich aber nicht binden, obwohl sie durchaus tierlieb ist. Das Wegfahren fällt natürlich leichter ohne einen Vierbeiner, ohne die Sorge um seine Unterbringung und Versorgung.

Eine ganz wichtige Begebenheit in der Pandemiezeit habe ich noch nicht erwähnt. Vielleicht genauso schwerwiegend wie Corona selbst. Fritz verließ Mama. Uns. Mama untröstlich. Er fehlt uns beiden gleichermaßen. Er hinterlässt eine enorme, unermessliche Lücke in dem durch das Virus bereits bestehenden Chaos. Die Welt brach für uns endgültig zusammen. Sie erschien uns irreparabel. Total destruction. Tja, als Konsequenz zogen wir um. Zum sechsten Mal! Ich war gerade mal 15. Ich muss gestehen, für mich spielt Fritz' Weggang eine besonders verletzende Rolle: Ich verlor zum zweiten Mal einen Papa. Das Verhältnis zu meinem biologischen Vater war in letzter Zeit eh abgekühlt, und zwar aufgrund seiner Ehefrau. Mit Veronica verstand ich mich anfangs prächtig. Nach und nach wurde sie aber immer zickiger, gab ständig Erziehungsrichtlinien vor, mischte sich in alles ein. Dabei war inzwischen mein Halbbruder Edward auf die Welt gekommen. In Anbetracht ihres labilen Charakters fühlte ich mich bereits als 16-Jähriger für ihn verantwortlich. Als sein Erretter. Ein schwieriges Unterfangen aus der Ferne. Ich möchte eben nicht, dass auch er eines Tages – diesmal wegen seiner instabilen Mutter – in der Psychiatrie landet. Der Kleine bewundert mich. Ich bin halt der Große in seinen

Augen, was ja stimmt. Diese Verehrung schmeichelt meinem Ego, bestätigt mich in meiner Rolle des Wohltäters, des guten Menschen. Dennoch die Quintessenz: Was die Familie anbelangt, krachte es auf allen Ebenen. Nirgendwo ein Halt zu sehen! Andrea quasi außer Gefecht gesetzt, da Raul gesundheitlich stark angeschlagen ist. Wenn ich es jetzt so bedenke, habe ich Raul nur als kranken Mann gekannt. Immerzu mit seiner Gesundheit beschäftigt, der arme. Alle Kraft im Einsatz für sein Überleben. Er bietet mir nichts. Aber böswillig war er nie. Ich habe ihn gern in seiner Hilflosigkeit. Er gleicht eigentlich einem Kinde. Für unsere Unterstützung befand sich also niemand in greifbarer Nähe. Jeder auf sich selber gestellt. Eine äußerst dürftige Lage! Und das in der Pubertät! In der befand ich mich! Gerade in dieser Entwicklungsperiode ist eine intakte Familienkonstellation von Bedeutung. Bei uns nicht vorhanden. Ich fühlte mich wie der Heilige Stephan, von allen Seiten mit Pfeilen durchbohrt. In einer feindseligen Umgebung. Ich erlag ihr. Dennoch, einem Stehaufmännchen gleich, gelang es mir, mich dank der Behandlung meiner ADHS wieder aufzurichten. Der Mensch macht einfach immer weiter. Es geht schon. Vielleicht nicht ganz optimal, aber ausreichend.

Zur Pandemie möchte ich noch hinzufügen, dass sie zur Vereinsamung des Menschen beitrug, aber in solch einem Maße, dass sie uns m. E. in unserem Innersten veränderte. Ich wende mal wieder meine intuitive Psychologie an, mein bekanntes Hobby. Da jeder auf sich selbst gestellt war – und das bekanntlich abgesehen von einigen Unterbrechungen gut zwei Jahre lang –, gewöhnte man sich an die eigene Person. Arbeit und Lernen im Alleingang hinterließen viel Zeit für die Beschäftigung mit sich selber. Viel mehr Muße zum Nachdenken – auch und vielleicht sogar hauptsächlich über sich selber, über die eigene Stellung in der Welt und dem eigenen Stellenwert in ihr! Sollten wir nicht mehr Achtsamkeit üben? Sollten wir nicht lernen, uns selbst zu lieben, mehr Zeit für uns selber aufzubringen? Sollten wir nicht unsere Mitte finden? Jetzt hatten wir tatsächlich alle Zeit dafür. Diese stand uns in Hülle und Fülle zur Verfügung. Ein Glücksfall sozusagen. Der Zeitaufwand für den Weg in die Arbeit oder zur Schule fiel weg, verwandelte sich in gewonnene Stunden. Nur wofür? Zur Selbstanalyse, zur Selbstfindung. Wir drehten uns um die eigene Achse. Schlossen uns in uns selber ein. In unseren Kokon. War das von den Gesundheitsbehörden wirklich so intendiert? Während der einsamen Spaziergänge konzentrierten wir uns auf unsere Probleme, auf unsere Zukunft. Klingt doch gut, oder? Aber ein Zuviel ist ungesund. Unser Individualismus gewann an Stärke und verwandelte uns alle in Narzissten. Wir waren ja autark geworden. Kamen doch im Alleingang prima zurecht! Brauchten die Welt nicht mehr – auch wenn wir einen Leidensweg durchschritten. Vielleicht hat gerade er uns gestärkt und zu dieser Unabhängigkeit verholfen. Ohne ihn wären wir nicht zu dieser Erkenntnis gelangt. Er hat uns gezeigt: We can! Tatsächlich bewirkte er noch mehr: Unser Egoismus steigerte sich, dieses Symbol für die gewonnene Unabhängigkeit von den Chefs, den Lehrern, den anderen im Allgemeinen. Bereits Kant hatte den Egoismus als Grundlage all unseres Handelns erkannt – so hart es auch klingen mag. Wir wollten alle einfach nur selber durchkommen. Hauptsache wir überlebten diese unsere Freiheit einschränkende Gefahr. Wir akzeptierten keine Autorität mehr über uns. Wir hatten uns und unserer Umwelt bewiesen, dass wir ohne sie auskamen, uns selber genügten. Jeder und jede einzelne. Jeder/jede ein King. Uff, und wo soll dieses Einswerden mit sich selber, diese Verliebtheit hinführen? Zum Auseinanderbruch der Gesellschaft? Bitte nicht!

Aber zurück zu den Ursachen meiner Störung, denn die Bezeichnung Krankheit trägt sie nicht! Viele Eltern fühlen sich gebrandmarkt, als Rabeneltern abgestempelt. Aber die Wissenschaft ist sich einig, dass vor allem erbliche Faktoren die wichtigste Rolle bei der Entstehung der ADHS spielen.

Also suchen! Auf Papas Seite stechen zwei Autisten hervor,
Zwillingsbrüder, meine Cousins ersten Grades. Einer davon
mit starken Symptomen. Von der Familie meines Großvaters
mütterlicherseits wissen wir wenig. Aber laut Rauls
Erzählungen über seinen Bruder Daniel erscheint mir dieser
nicht gerade koscher. Ebenso wenig dessen Sohn Karl. Beide
exzentrisch, fallen aus der Rolle. Auf Mamas Seite wäre mein
Großonkel. Bereits als Kind motorisch auffällig, konnte nicht
stillhalten. Zerstreutheit kam hinzu. Als einziger von den fünf
Geschwistern hat er kein Universitätsdiplom erlangen können.
Das Studium brach er vorzeitig ab. Ertrug es nicht,
stundenlang im Hörsaal zu sitzen und einem langweiligen
Professor zuzuhören. Das kann ich durchaus verstehen. Mir
erging es nicht besser, allerdings in der Schule. Eine Uni werde
ich eh nie betreten. Aber dieser Verwandte hat später mit
Effizienz die Gärtnereien seines Schwiegervaters geleitet,
seinen ganzen Ehrgeiz hervorgebracht und das ererbte
Vermögen vervielfacht. Triumph! Ein Trost! Ein Beweis, dass
aus uns – denn ich reihe ihn in die Liste der ADHS-ler ein -
etwas werden kann. Wir brauchen nicht zu verzweifeln, am
Ende können wir noch Lob und Lorbeeren einsammeln! Eine
Generation davor, also meine Urgroßmutter mütterlicherseits,
die hat sich noch viel wundersamer verhalten. 100 years ago!
Vor einer Ewigkeit also! Abgesehen davon, dass sie öfters die
Schule schwänzte – man stelle sich das vor: Anfang des 20.
Jahrhunderts in einer extrem konservativen Gesellschaft! -,
hat sie heftigst rebelliert, indem sie zwei Jahre lang nicht mit
ihren Eltern gesprochen hat. Sie mied die Menschen.
Schwierig in einem Hause mit etlichen Bediensteten und neun
Geschwistern. Obendrein die älteste von ihnen. Chapeau! Das
soll ihr einer nachmachen! Dieses Durchhaltevermögen.
Diese Charakterstärke. Ich finde sie bewundernswert, hätte
mich bestimmt prima mit ihr verstanden. Wohl durch unsere
Seelenverwandtschaft. Ob sie nun ADHS hatte oder nicht, das
ist im Nachhinein schwer feststellbar. Als positiv ist die

Entwicklung zu beurteilen, die sie durchgemacht hat. Denn sie ließ ihre Misanthropie hinter sich, um als Erwachsene in eine gesellige Dame zu mutieren. Noch als Zwanzigjährige als unnahbar, inakzeptabel gegolten, zählte sie einige Jahre später zu den begehrtesten, interessantesten Gesprächspartnerinnen. Yes, we can! Wir können uns entfalten! Wir können uns verändern! Wir können nicht nur akzeptiert, sondern auch geachtet und wertgeschätzt werden. Das beweisen mir die Lebensläufe dieser beiden Vorfahren. I am proud of them! Wir können unsere Defizite überwinden, das Leben stemmen! Unser Weg ist mühsamer als jener der Normalos. Umso anerkennenswerter unsere Leistung! Die Moral der Geschichte: Alle Fälle von ADHS in unseren Vorfahren werden wir nie ausfindig machen, stattdessen müssen wir unsere Defizite hinnehmen und das Beste aus uns selber herausholen. Jammern hilft nicht weiter! Uns selber an den Schopf greifen, uns gleichzeitig von außen und auch durch Tabletten helfen lassen, das ist unsere Lösung oder unser Schicksal. So, go for it!

Teil II
Elon und Greta

Elon und Greta

„ Weißt du, Greta, wir haben ja mehr gemeinsam, als man annehmen würde! Obwohl wir nicht ewig lange die Schul- bzw. die Universitätsbänke gedrückt haben, zu akademischen Titeln haben wir es dennoch gebracht! Neben dem Right Livelihood Award, *also dem alternativen Nobelpreis, erhieltst du 2019 auch noch die Ehrendoktorwürde der Universität Mons in Belgien, dann 2023 jene der Uni Helsinki. Von letzterer seitens einer äußerst ausgefallenen Fakultät, nämlich der theologischen! Denn du wirst dort als Prophetin angesehen. Also zukunftweisend mit deinen Ideen! Schon wieder eine Gemeinsamkeit! Ich habe nämlich meine erste Ehrendoktorwürde von der Uni Surrey erhalten, diesmal in Raumfahrttechnik. Die hat ja auch mit unser aller Zukunft zu tun! Die zweite erhielt ich dann für etwas Profanes, 2010 vom* Art Center College of Design, *und zwar für Gestaltung. Das hängt mit der Formgebung meiner* Tesla-*Autos zusammen. Ist ja gut gelungen, meinst du nicht auch? Es geht dabei eigentlich um Details, um Kleinigkeiten, wie z. B. die in der Karosserie versenkbaren, d. h. verschwindenden Türklinken. Wer weiß, wie viele Ehrendoktortitel wir im Laufe unserer Leben noch nachgeworfen bekommen werden! Du noch mehr als ich, denn du hast noch mehr Jahre vor dir. "*

„Lieber Elon, du besitzt allerdings inzwischen schon richtige Universitätsabschlüsse: Einen Bachelor of Science in Physik und Volkswirtschaftslehre von der Uni Pennsylvania. Später hast du das Doktorandenprogramm von der Stanford University allerdings abgebrochen. Du fandest es wichtiger, mit deinen Projekten weiterzumachen. Und du behieltest Recht! Offensichtlich hattest du das Weiterstudium nicht nötig. Du hast dich halt selber in deiner Fachrichtung vorwärtsgebracht. Durch entsprechende Lektüren und einschlägige Gespräche mit Spezialisten. Bewundernswert! Du warst allerdings nicht der Einzige, der das Studium an den Nagel gehängt hat. Einige deiner Mitarbeiter haben es dir gleichgemacht. Aus purer Überzeugung. Aus Begeisterung für deine Projekte! Nicht aus Nachahmungsprinzip!"

„Dabei, weißt du was, Gretalein, ich habe ja ein verdammt Zeit konsumierendes Hobby: Ich bin Fan von Science Fiction! Die hat mich vielleicht sogar auf mein Lieblingsgebiet geführt: Die Erreichung und hoffentlich spätere Besiedlung der nahen und fernen Planeten! Die Autoren von solchen Werken, nimm z. B. Isaak Asimov, die verstehen sich auf ihr Handwerk. Sie sind selber vom Fach, also Astrophysiker oder so. Sie besitzen eine solide Basis, die ihnen das Fantasieren erlaubt. Wie viele ihrer Utopien sind bereits unleugbare Realität geworden! Sie haben mich inspiriert, vielleicht sogar mehr als das Studium selber!"

„Ja klar. Gerade auf Umwegen gelangt man oft an sein Ziel, entdeckt man seine Vorlieben. Ich wollte aber noch schnell erwähnen, dass wir alle beide noch weitere Auszeichnungen erhalten haben, die sich sehen lassen können. Du bist 2021 durch das *Time Magazin* zur „*Person of the Year*" gewählt worden, ich war es vor dir 2019!"

„Ja, und hinzukommt, dass du bislang die jüngste Person bist, die dazu auserkoren wurde. Du bist schon ein recht beachtenswertes Persönchen!"

„Und ich glaube, Elon, unsere Aufzählung der auffälligen Gemeinsamkeiten können wir ruhig weiterführen: Alle beide begannen wir doch in früher Kindheit unser Interessensgebiet abzustecken. Du hast ja bereits mit 12 dein erstes Videospiel unter dem Namen *Blastar* entwickelt und sogar verkauft! Davor hast du bereits viel Zeit am Computer verbracht, sodass du Programmierspiele und die Programmierung eines *Commodore Vic20* zustande gebracht hast."

„Du hast vollkommen Recht, Gretchen, aber du warst noch früher dran als ich! Seitdem du ungefähr 8-jährig vom Klimawandel erfahren hast, hat dich das Thema nicht mehr losgelassen! Wie eine Besessene hast du Artikel über Artikel, Buch

über Buch zu diesem Fachgebiet verschlungen. Jeder mit seinem Steckenpferd, aber intensiv, nicht Wischiwaschi. Und dir hat diese Ablenkung gegen deine Depressionen und auch gegen deine Essstörung geholfen. Ein nicht zu vernachlässigender Nebeneffekt."

„Na, bei dir war es ja nicht sehr viel anders! Du musstest einen Weg finden, um dem Mobbing deiner Mitschüler zu entgehen. Das ging ja jahrelang! Es war kein einmaliges oder vorübergehendes Geschehen! Das muss sehr weh getan haben! Tiefe Spuren in dir verankert haben! Dass die Kameraden dich die Treppe hinunter geschubst und krankenhausreif geschlagen haben, das ist ja bekannt. Du hast dich aber entkoppeln können, eine nicht gerade für jedermann einfache Masche gefunden: Die Kreativität! Mittels deines Schaffensdrangs hast du die durch dein Außenseitertum verursachte seelische Pein in Schach gehalten. Jeder auf seine Weise!"

„Der Grund aber für unser Anderssein ist ein und derselbe: Wir leiden beide unter dem Asperger-Syndrom. Davon existieren allerdings so viele unterschiedliche Varianten, dass wir uns im Endeffekt doch nicht unbedingt ähneln."

„Einverstanden. Aber ich bin der Überzeugung – und oft genug habe ich es wiederholt –, dass uns unsere Krankheit vom Rest der Menschheit abhebt, geradewegs abhebt! Sie benötigen uns, die in anderen Schienen denkenden Wesen. Unser Autismus ist doch wahrlich ein Geschenk! Er ermöglicht uns ja, eine andere Sicht auf die Dinge vorzunehmen, versorgt uns mit außerordentlichen Fähigkeiten, die Unzulänglichkeiten in der Welt zu erkennen und sie zu bekämpfen. Ich sehe es so, auch wenn einige Leute versuchen, mich aufgrund meines Autismus' abzuwerten. Ganz im Gegenteil: Durch unsere Krankheit besitzen wir eine Superkraft! Wer macht es uns nach, stundenlang Akten und Texte zu durchforsten? Wer besitzt ein vergleichbares Durchhaltevermögen? Unsere Leistungsfähigkeit? Du bist ein zwanghafter Leser, habe ich mir sagen lassen. Bis zu zehn Stunden an einem Stück sollst du hinter Büchern verbringen können! Lexika fallen auch darunter! Ein Vielfraß! Obendrein mit einem fotografischen Gedächtnis! Tja, ein typisches Merkmal von uns Autisten!"

„Ich bekomme für diese meine Ausnahmeeigenschaften nicht gerade Lob zu hören! Am liebsten hätte ich es natürlich, dass alle Menschen genauso verrückt wären wie ich! Bestückt mit tollen Ideen; die sind aber leider endlich! Ich gäbe mich auch zufrieden, wenn meine Mitarbeiter zumindest ohne Unterlass an ihrem Vorhaben, an gesteckte Ziele festhalten würden. Wer nicht bereit ist, das Maximum aus sich herauszuholen, sich selber auszuquetschen wie eine Zitrone, den dulde ich nicht lange in meinem Unternehmen. Ich verlange viel von meinen Angestellten, das weiß ich und das wissen sie auch. Aber, diejenigen, die zu uns kommen, lieben die Herausforderung. Trotz ihrer Begeisterung, ihrer Identifikation mit unserer Vision schafft es dennoch keiner, mehr Stunden zu arbeiten als ich. Ich bin nämlich ein Arbeitstier, ein Workaholiker. Und nicht nur das: Mein Gehirn hört obendrein nicht auf, über die leider stets vorhandenen Probleme weiterzudenken und das irgendwo, inmitten einer Party, wo auch immer. D. h. dass ich die neu geborenen Ideen am nächsten Morgen meist in aller Herrgottsfrühe im Büro an den Computern meiner Mitarbeiter umsetze, also die Planungen der Ingenieure kurzerhand über Bord werfe. Stunden- bzw. tagelange Arbeit mache ich im Handumdrehen zunichte. Du müsstest ihre Gesichter sehen! Ihre Enttäuschung. Ich weiß, dass ich sie verletze. Dass ich sie nicht mit Glacéhandschuhen anfasse. Es fehle mir an Empathie, wird mir nachgesagt. Das stimmt wohl. Konsequenz unserer Störung."

„Lass uns zurückkommen zu unseren sehr frühen Aktivitäten. Du hast 1995, also mit 24, zusammen mit deinem Bruder ein *Dotcom* Unternehmen gegründet. Durch dessen Verkauf hast du dein erstes Startkapital erhalten. Immerhin 22 Millionen US-Dollar! Der Traum von etlichen jungen Unternehmern! Du erfandest Produkte, die es zuvor nie gegeben hatte. Öffnetest die Pforte zu neuen Märkten. Kreiertes Innovationen! Das macht dir keiner so schnell nach!"

„Und du, my dear, hast dich 2018 mit unglaublichen 15 vor den Schwedischen Reichstag in Stockholm gesetzt, ein Schild vor dir gehalten mit der Aufschrift: Schulstreik für das Klima! *Ganz alleine! Ohne jegliche Unterstützung! Der Welt die kalte Schulter oder besser gesagt dein freches Gesicht gezeigt. Trotzig! Wacht auf!, hast du ihr auf diese Weise entgegengerufen. Was kann so ein junges Ding, mutterseelenalleine, bewirken, hätte jeder normal denkende Mensch damals für sich argumentieren können. Doch rein gar nichts! Aber du warst hartnäckig. Du hast durchgehalten, zwanzig Tage lang saßt du da. Und immer weniger alleine. Es gesellten sich zu dir tropfenweise andere Gleichgesinnte. Die Presse wurde auf dieses Schulmädel aufmerksam. Und somit die Welt! Welchen Mut du da bewiesen hast! Welche Sicherheit in deinen Ansichten! Überzeugt von der Richtigkeit deiner Vorwürfe! Du hattest einen Weg beschritten, den du nun nicht wieder verlassen würdest, der dich inzwischen gefangen genommen hatte. Es gab kein zurück, keine Ausweichmöglichkeit mehr. Das Virus war in dir und verbreitete sich, wie ein paar Jahre später es die Pandemie tun sollte. Solch eine Kraft, solch eine Energie ging von dir aus! Du hast ein Lauffeuer entfacht. Überall auf der Welt traten die Nachahmer hervor. Und dieses schwedische Kind ward von nun an über die Grenzen hinweg bekannt, berühmt! Natürlich hast du Pros und Kons hervorgerufen! Wer mag schon einsehen, dass er bis dato falsch gelebt hat, noch schlimmer, dass er seine Lebensweise ab sofort radikal ändern soll. Nein, wir sind doch alle bequem. Und da erscheint eine Göre, die uns weißmachen möchte, sie wisse alles besser, die uns belehrt, wie unser Leben zu gestalten, umzukrempeln sei. Und zwar alle! Der gemeine Mann, der Millionär, der vorgibt, sich alles erlauben zu dürfen, und last but not least die Politiker, allesamt! Die Verantwortlichen wollten das am liebsten*

ungeschehen machen, aber alle Argumente dieser Welt konnten nichts gegen den von dir ins Rollen gebrachten Stein ausrichten."

„Danke dir, Elon, für diese Lobestirade! Eingebildet werde ich dadurch nicht. Das ist bekannt. Auf jeden Fall befinden wir uns beide auf der Ökoschiene mit unserem Umweltbewusstsein. Auf verschiedenen Niveaus, aber dennoch. Du hast 2004 in *Tesla* investiert. Ein Elektroauto, für dessen Idee du von den herkömmlichen Autobauern belächelt wurdest. Schon wieder so ein Techno-Utopist, sagten sie sich. Als gäbe es nicht genug von dieser Sorte im Silicon Valley! Wenn du dir aber etwas in den Kopf setzt, gibst du nicht leicht auf. Das wussten die anderen aber nicht! Und du hast es mit deiner Hartnäckigkeit erreicht! Die erneuerbaren Energien zur Lösung der Umweltproblematik. Darum geht es dir genauso wie mir! Dir ist an der Menschheit gelegen! Für sie tust du es! Ich ja auch! Für ihre Zukunft, zur Vermeidung ihres Untergangs! Du hast ein Clean-Tech-Unternehmen gegründet, mal wieder unserer Zeit voraus!"

„*Und du, meine Kleine, hast uns ganz tapfer vorgelebt, wie man auf das Fliegen verzichten kann, indem du 2019 zum Klimagipfel in New York per Segelboot fuhrst. Das war gar nicht einfach für dich. Abgesehen davon, dass du in bestimmten Situationen richtig Angst verspürt hast, war dir das Zusammengeferchtsein auf so engem Raum, und das auch noch zwei Wochen lang, bestimmt ein Gräuel! Es gehört ja zu den Eigenheiten des Autisten, dass er immer wieder das Bedürfnis verspürt, sich zurückziehen zu müssen. Er erträgt es einfach nicht, ständig von Menschen umgeben zu sein. Es gab dann zwar eine Menge Kritik an dieser medienwirksamen Atlantiküberquerung, aber das geht uns nichts an!*"

„Wenn ich es so bedenke, Elon, dürfte ich mit dir keinen Wortwechsel führen. Weißt du warum? Du gehörst ja zu denen, die ich attackiere! Du setzt dich nicht nur in ein Linienflugzeug, nein, viel schlimmer, du fliegst in deinem Privatjet! Diese

Schicht, zu der du jetzt gehörst, die steht ja in meiner Schusslinie! Nach meinen Kenntnissen setzt sich der Durchschnittsamerikaner viermal pro Jahr in einen Flieger, während du es z. B. 2013 auf 185mal gebracht hast! Stolze Leistung! Obwohl du darauf gar nicht stolz sein darfst! Unwillkürlich kommt mir die deutsche Außenministerin Angela Baerbock in den Sinn. Wie kann jemand, Repräsentant der Grünen Partei, konstant im Flugzeug durch die Weltgeschichte fliegen? Sie hätte diesen Posten der Diplomatin im Bewusstsein, dass er gewaltig zur Luftverschmutzung beiträgt, gar nicht annehmen dürfen. Ihr seid beide kontroverse Fälle: Einerseits kümmert ihr euch um das Wohl, das Fortbestehen der Menschheit, andrerseits tragt ihr zu ihrer Vernichtung bei!"

„Zu meiner Entlastung muss ich darauf aufmerksam machen, dass ich ja unter einem enormen, der Ministerin unvergleichlich größeren, Zeitdruck stehe. Schon alleine deswegen, weil ich mehrere Firmen gleichzeitig betreue. Und meine Mannschaft schicke ich auch hin und wieder in meinem Flieger zu einer wichtigen Arbeitsbesprechung. Das geht bei den Summen, die im Spiel sind, nicht anders. Obwohl ich gestehe, dass ich mich auch manchmal zu Vergnügungsveranstaltungen auf dem Luftweg transportieren lasse. Das versuche ich wiedergutzumachen, indem ich beispielsweise 2019 eine Million Bäume gespendet habe, die sogenannten Team-Trees. *Und das ist gar nichts im Vergleich zu der mit 100 Millionen US-Dollar dotierten* X-Prize Foundation *und dem* Carbon Removal X-Prize, *also jenem Forscherpreiswettbewerb zur Reduktion des Kohlenstoffdioxids in der Atmosphäre. Um die Welt besser zu machen, benötigen wir unzählige Kräfte. Deswegen hatte ich bereits davor, das war im Jahr 2014, bestimmte Patente mit dem Ziel frei gegeben, die Entwicklung von Elektrofahrzeugen voranzutreiben. Ich alleine kann ja mit* Tesla *nicht die ganze Welt versorgen!"*

„Natürlich nicht! Erstaunlich ist andrerseits deine Angst vor der KI. Und deine damit zusammenhängende Idee des bedingungslosen Grundeinkommens für alle Menschen. Denn die KI wird Jobs vernichten. Viele sind der Meinung, gleichzeitig würden ja andere entstehen. Aber vielleicht sind die nicht von jedermann durchführbar, zu kompliziert, zu spezialisiert, zu hochkarätig. Wie soll es konkret weitergehen?"

„Deshalb müssen wir zweifelsohne andere Planeten besiedeln, nach Lebensmöglichkeiten dort forschen. Schau, die Raumfahrtwirtschaft wächst Jahr für Jahr, wird sich eventuell in den nächsten fünf Jahren fast verdoppeln. Und täglich starten Raketen ins Weltall. Wofür willst du wissen? Für das unverzichtbare Internet, für Wetterdaten und Navigation, für Fernsehen und Radio und last but not least für die Spionage. Ein Drittel der jährlichen Satellitenproduktion stammt aus den USA, der Rest verteilt sich auf China, Europa und Russland. Nicht nur unsere Erde, auch unser Himmel platzt bald aus allen Nähten. Es klingt vielleicht ein wenig nach Naziparolen, aber wir brauchen mehr Land für die Menschheit. Ähnlich steht es um die Rohstoffe: Neue Vorkommnisse müssen wir ebenfalls außerhalb unseres Planeten erschließen. Ich möchte dazu beitragen, dass wir uns diesem Ziel nähern. Meine Raketen sind im Gegensatz zu allen anderen wiederverwendbar. Dadurch werden die Flüge ins All kostengünstiger."

„Und trotzdem bist du seit einigen Jahren der reichste Mensch auf Erden! Weil du rechtzeitig in diese Zukunftssparte investiert hast, nicht nur die Vision hattest, sondern nicht lockergelassen hast, trotz vieler Missgeschicke, trotz vieler Misserfolge dabeigeblieben bist. Deine Zähheit, dein Durchhaltevermögen, deine Überzeugtheit haben dir den Erfolg beschert. Dagegen kann ich nicht von Erfolg sprechen. Ich habe zwar die Jugend aufgerüttelt, sie zur Aktion bewegt in der ganzen Welt oder fast überall. Es hat ein Umdenken auch bei den älteren Generationen und den Politikern stattgefunden. Aber es besteht noch fast der gleiche Handlungs- und Umstrukturierungsbedarf wie vor meinem Erscheinen auf der Weltbühne. Meine Frustration ist grenzenlos."

„Du hast enorm viel erreicht, junge Dame! Sieh es positiv! Die Pandemie hat dir einige Jahre lang die Show gestohlen. Das war Pech! Es stand die halbe Welt still; das Interesse an der Heilung der Atmosphäre vollkommen erloschen. Die Gesundheit, das Fortbestehen der Menschheit hatte hingegen Priorität. Du gelangst ins Hintertreffen. Aber schau, was für Preise du inzwischen bekommen hast: 2020 den Preis für Menschlichkeit von der portugiesischen Stiftung Calouste Gulbenkian, *immerhin eine Million Euro; andere Preise über 42.000,- bzw. 25.000,- Euro; dann hast du 2022 das „Klimabuch" herausgegeben, eine weitere Einnahmequelle. Obwohl du immer wieder große Beträge spendest, wird inzwischen dein Vermögen auf eine Million Euro geschätzt. Nicht schlecht für eine 20-Jährige!"*

„Natürlich kein Vergleich zu deinem Vermögen. Obwohl du dir bei *SpaceX* nicht mehr als drei oder vier Fehlversuche leisten konntest. Die USA lieferten zwischen 1957 und 1966 im Gegensatz zu dir ganz andere Zahlen: Von den 400 gestarteten Raketen stürzten nämlich an die 100 ab und verbrannten! Ein zu Asche verkommenes Vermögen! Zusätzlich besteht noch ein weiterer enormer Unterschied zu den herkömmlichen Raketenherstellern: Weil dir die Zulieferer zu langsam waren und du die Abhängigkeit von ihnen vermeiden wolltest, wagtest du es, deine Raketen fast komplett selbst zu bauen. Sie sind praktisch zwischen 80 und 90% „Made in USA", nicht wie jene der ULA (United Launch Alliance), die auf 1200 Zulieferer angewiesen ist! Du scheust halt kein Risiko, wenn du es für machbar erkannt hast, während die traditionellen Hersteller dir nur untätig und ungläubig mit dem Kopf schüttelnd zusehen! Die jungen Ingenieure, die du direkt von den Unis abgeworben hast, folgen dir meist mit Begeisterung und Überzeugung, mobilisieren ihr Potenzial bis hin zur Selbstaufgabe! Du hast ja schon oft gesagt, dass ein ausgezeichneter Ingenieur drei mittelmäßige ersetzt! Und weiter, dass du nur Außergewöhnliches

herstellen möchtest, sonst wärest du ein Versager! Bei *Tesla*
besteht deine Innovation u. a. im Zusammenhalten von Hun-
derten von Lithium-Batterien. Auch bei diesem Unternehmen
hast du dir etwas zur Kosteneinsparung einfallen lassen, auch
wenn du die Strategie von *Apple* nachahmtest! Der Verkauf
findet in exklusiven Ausstellungsräumen von gehobenen Ein-
kaufszentren statt oder direkt per Internet, wodurch du dir die
Händler sparst. Du bist im Übrigen Wissenschaftler durch und
durch. Asperger hin oder her!"

„Tja, und trotz unserer durch den Autismus hervorgerufenen
Kontakt- und Kommunikationsstörung sind wir alle beide zu
Ikonen geworden, zu Medienstars. Dich bezeichnet man oben-
drein als die Frau, die aus dem Himmel zu uns herunterstieg
und eine prophetische Gabe besitzt - im Übrigen durch die Eh-
rendoktorwürde der Theologischen Fakultät der Uni Helsinki
bestätigt! Du trägst also gewissermaßen einen Heiligenschein,
giltst als eine Art Halbgöttin. Nicht genug damit: Aufgrund
deiner Hypermoral wirst du auch noch mit Johanna von Or-
leans verglichen! Denn der Hörer bekommt die Seriosität dei-
ner Worte mit. Du verbreitest keine fake news, ganz im Gegen-
teil: Deine Botschaft basiert auf einer tiefen Wahrheit, auf dei-
ner Unfähigkeit zu lügen! Ergänzt wird diese Eigenschaft
durch bestimmte Kompetenzen: Du bist emotional und expres-
siv, hältst dich nicht an Formalitäten. Das kommt an! Man er-
innere sich an deinen Vorwurf an die Politiker: „How dare
you!" Hier hast du deinen Ärger unverhohlen in die Men-
schenmenge geschleudert. U. a. durch solche Worte hast du
eine bis dato desinteressierte Jugend dermaßen beeindruckt,
dass sie in eine protestierende, eine counter culture mutierte!
Du gehörst ja zur so genannten „neuen Jugend", die nicht
mehr unselbständig bzw. oberflächlich ist; ihr verweigert euch
der Selfie-Kultur und euch ist die Ernsthaftigkeit unserer Le-
bensumstände vollauf bewusst. Eure moralischen Vorstellun-
gen sind rigoros, klar, unumgänglich. Nebenbei gesagt, fällt es
auf, dass du dich als Frau nicht für die typisch weiblichen

Dinge interessierst, für aufreißerische Kleidung z. B.! Deine Frisur hast du allerdings angepasst, weg von den kindlichen Zöpfen zu offenem Haar. Finde ich gut! Inzwischen scharst du eine riesige Fangemeinde um dich herum! Man könnte fast sagen, du habest dich in eine Lady Di der Umweltbewegung verwandelt."

„Elon, du bist dagegen wahnsinnig vielseitig. Da ist ja noch die *Boring Company*, die du 2016 aus Frust vor der Staulage auf den Straßen von Los Angeles ins Leben gerufen hast. Es wird unter der Stadt ein Tunnelsystem gebaut, das zur Entlastung des Verkehrs führen soll. Kritik daran gibt es zur Genüge. Aber du bringst noch ein erstaunliches Argument ins Spiel: Diese Aktivitäten betrachtest du als Vorbereitung für Einsätze auf dem Mars. Dort wird man durch Eisschichten bohren müssen, um an die Bodenschätze zu gelangen. Fantastisch! Wieder einmal so eine geniale Vision von dir! Was aber nicht so gut bei den Usern angekommen ist, das ist dein Kauf von *Twitter*, das du in *X* umbenannt hast. Die sonstigen Umgestaltungen versteht kein Mensch."

„Dazu möchte ich jetzt nicht Stellung nehmen. Nochmals zu deinen Leistungen: Du hast es geschafft, die Gesellschaft zu polarisieren. Während die einen dich verklären, verehren, anbeten, glorifizieren und gar als Vorbild ansehen, feinden dich die anderen hingegen an; du wirst von ihnen verflucht, missachtet oder zumindest angsterfüllt beäugt. Denn obwohl das, was du ins Leben gerufen hast, nicht neu war, so war es deine Vorgehensweise, dein Gebaren. Vor dir war noch nie eine minderjährige weibliche Person mit Autismus in der Öffentlichkeit aufgetreten. Obendrein gehörst du als Frau mit autistischer Störung zu einer Minderheit innerhalb einer Minderheit. Du wurdest zu einer Art Klimaschutzpredigerin, vergleichbar mit den Wanderpredigern des Mittelalters. Sogar in die Kinderbuchliteratur bist du eingegangen! Und in der heutigen Krisenzeit haben wir dich mit offenen Armen als Erlöserin emp-

fangen. Du trittst auf als Unschuldswesen, zugleich bist du andersartig, rätselhaft und seriös. Durch diesen Mix ungewöhnlicher Eigenschaften hast du unser aller Aufmerksamkeit auf dich und dein Thema gezogen. Dabei muss man bedenken, dass in Schweden die Beschäftigung mit der Klimaproblematik stets sehr präsent gewesen ist. Und noch mehr: Der in Schweden implementierte Klimaschutz ist in den dortigen Medien hoch anerkannt. Das Thema als solches ist ja enorm komplex und somit schwer verständlich, wie man seiner Herr werden soll oder kann. Du bist die ideale Vermittlerin, die Aufklärerin! Für die Medien ist es eindeutig einfacher, die Aufmerksamkeit auf dich zu lenken als auf die komplizierte Problematik an sich. Und du hältst deine Emotionen nicht zurück, womit du uns erreichst! Ein schöner Widerspruch, denn im Grunde setzt du dich ganz konkret für Fakten ein!"

„Du besitzt erstaunlich viele der guten Eigenschaften des Autisten. Oberflächlichkeit und Unordnung widerstreben dir. Du schätzt Pünktlichkeit, bist pingelig bis zum geht nicht mehr; kannst dir mündlich Vorgetragenes ohne Notizen perfekt merken, interessierst dich für technische Vorgänge – und wie! -, aber Flexibilität und vor allem Stresstoleranz sucht man bei dir vergeblich! Deine Mitarbeiter haben es ganz bestimmt nicht leicht mit dir! Deine soziale Interaktion ist mangelhaft, wenn nicht defizient! Bei mir sieht es ähnlich aus! Wir wirken fremdartig, bizarr, abartig, grob, kühl, schnöde, distanziert, egoistisch und obendrein sind wir leicht gekränkt. Wenn wir endlich Vertrauen zu jemandem aufgebaut haben, dann werden wir allerdings zu einem treuen Freund, durch dick und dünn. Als Kinder waren wir Einzelgänger, bauten keine intensiven Beziehungen, geschweige denn Freundschaften zu unseren Schulkameraden auf. So vereinsamten wir und stürzten uns monomanisch in unsere jeweiligen Fachgebiete. Ein Manko verwandelte sich in unsere Wunderwaffe."

„Du hast es mal wieder auf den Punkt gebracht! Stimmt alles!

Durch meine soziale Inkompetenz bin ich bereits mehrmals ge-
schieden – auch wenn ich die gleiche Frau ein zweites Mal
geheiratet habe! Von meinen zehn Kindern verbringen fünf die
Wochenenden bei mir. Ich gestehe, ich sehe sie nicht all zu oft.
Und hast du von meinen Partys gehört? Im schicken Gatsby-
Stil. Musst auch mal kommen. Wird dir echt Spaß machen,
kannst du mir ruhig glauben! Weißt du, eins macht mich trau-
rig: Ich werde wahrscheinlich nie selber auf dem Mars landen!
Und die Ansiedlung der Menschen dort ebenso wenig erleben!
Aber die Vorbereitungen, damit die Menschheit weiter existie-
ren kann, an ihnen werde ich zeitlebens weiterarbeiten. Mir
wird nachgesagt, ich denke zwar an die anderen, schone mich
selber aber überhaupt nicht. Recht hat man damit."

„Elon, ich muss jetzt aufhören. Entschuldige, dass es so abrupt
kommt, aber du weißt ja selber, wie wir ticken! Ich brauche
nun meine Ruhe. Danke dir für das Gespräch. War sehr ent-
spannt! Und versuch doch, weniger zu fliegen!"

„Letzteres wird sehr schwierig durchzuführen sein! Und ich
verstehe vollkommen, wie du dich fühlst. Wir werden unruhig,
ruppig, gar unausstehlich, wenn wir sozusagen gesättigt sind.
Entspann dich! Und mach weiter! Du bist auf einem guten Weg!
Bis zum nächsten Mal!"

TEIL III
Doris

Blackie

„Ist der aber süß! Und schau her, er leckt mir sogar gleich die Hand! Er mag mich wohl, oder was meinst du?", reagierte Doris auf das unerwartete Geschenk.

Ihr Bruder Thomas war im Einklang mit der Mutter auf diese Idee gekommen. Sie wussten natürlich nicht, wie Doris sie auffassen würde. Bei diesem herzlichen Empfang fiel Thomas allerdings ein Stein vom Herzen! Wenn seine Schwester den Hund abgelehnt hätte, wäre er von ihm und der Mama aufgenommen, mal von dem einem, mal von dem anderen versorgt worden. Ein schwieriges Unterfangen! Aber es war das Risiko wert. Sie hatten sich von Tante Johannas Beispiel inspirieren lassen. Der tägliche Spaziergang mit dem Dackel hatte sie nämlich aus der langjährigen Lethargie befreit. Thomas war nun durch Doris' positive Reaktion sichtlich erleichtert. Hoffentlich änderte sie nicht über kurz oder lang ihre Meinung. Bei ihr konnte man sich nie sicher sein. Ja, sehr wankelmütig war sie in den letzten Jahren geworden. Es war nie voraussehbar oder zu erahnen, wie sie aufgelegt sein würde. Mal hü, mal hott. Thomas' Gesicht leuchtete vor Freude auf. Die erste Hürde war genommen.

Dann sah er sich kurz im Apartment seiner um zwei Jahre älteren Schwester um. *„Keine Besserung seit letztem Mal vor einem Monat. Diese Unordnung! Alles durcheinander. Hier die schmutzige Wäsche neben dem gebrauchten Teller mit Essensresten, dort das Feuilleton, das ich ihr vor einiger Zeit mitgebracht hatte. Ob sie wohl darin gelesen hat? Sie, die in ihrer Kindheit ein Buch nach dem anderen verschlungen hat, dicke Schinken, neuerdings abstinent in puncto Lesen. Wenn es weiter nichts wäre!"*, so dachte sich Thomas, während er den prüfenden Blick herum schweifen ließ.

„Ist er für mich gedacht? Soll er bei mir bleiben?", wagte Doris zu fragen. Dabei hatte sie den kleinen Terrier schon in den Arm genommen, liebkoste und streichelte ihn.

Der wiederum kuschelte sich an ihren Körper heran, schien sich wohlzufühlen, angekommen zu sein.

„Aber selbstverständlich! Herzlichen Glückwunsch zu deinem 30.! Und eine Flasche Sekt haben wir auch dabei. Die öffnen wir gleich!", antwortete Thomas vollends glücklich über seinen Erfolg. Ihn begleitete seine Lebenspartnerin Mathilde. Die Anwesenheit der Mutter war nämlich von Doris nicht erwünscht.

Mathilde holte drei Wassergläser aus der Küche, denn andere standen dort nicht zur Verfügung. Sie hielt sie kurz ans Licht, entdeckte erwartungsgemäß einige Schmutzstreifen und beschloss, die Becher vorsichtshalber zu spülen. Da sie kein sauberes Tuch fand, trocknete sie sie kurzerhand mit Toilettenpapier ab. Küchentücher waren ebenfalls nicht auffindbar. Auf dem geringen freien Platz auf dem Couchtisch voller Flecken und Staub stellte sie die nun zum Gebrauch tauglichen Gläser hin. Dann schob sie ein paar auf dem Sofa verstreute Pullover und T-Shirts beiseite und nahm Platz. Kein Wort äußerte sie bezüglich dieses Chaos in der Wohnung einer erwachsenen, an und für sich wohlerzogenen Frau. Sie verzog auch keine Miene. Man wusste ja, was man bei Doris zu erwarten hatte. Hätte man das Schweigen gebrochen, hätte man seine wahre Meinung, sein Missfallen zur Sprache gebracht, wäre die Türe für immer verschlossen geblieben. Hinnehmen, um den Kontakt noch ein wenig aufrechterhalten zu können. Der einzige verbleibende Schlüssel zur holprigen Kommunikation mit Doris.

Und Doris beobachtete jede Handhabung, jeden Schritt, der in ihrer Umgebung getan wurde. Immer bereit zur Attacke, immer in der Defensive. Ihr war bewusst, wie schockierend ihre Lebensweise auf andere wirkte. Aber eine Änderung, nein, die vollbrachte sie nicht. Die Kraft war ihr abhanden geraten. Sie wusste selber nicht, warum oder wie es dazu gekommen war. Es ging halt nicht anders. Im Grunde genommen schämte sie sich dafür. Sie tat dies alles nicht aus Opposition, um irgendetwas zu kritisieren oder gar zu beweisen.

Sie war eine hübsche junge Frau mit einer guten Figur, schwarzem, leicht lockigem Haar. Auch an Intelligenz fehlte es ihr nicht. Sie hatte nach ihrem Einserabitur leider nicht den richtigen Studiengang für sich gefunden. Ausprobiert hatte sie hingegen vieles, aber nie etwas zu Ende geführt. Entweder waren es die schlechten Professoren, die die Schuld daran trugen, oder sie schlich sich heimlich davon, indem sie vor den entscheidenden Prüfungen einfach in ein anderes Fach überwechselte. Die Eltern atmeten jedes Mal verständnisvoll auf, wenn Doris voller Elan die neue Studienrichtung einschlug. *„Das wird nun bestimmt die richtige sein"*, hofften sie im Stillen. Ausrichten konnten sie gar nichts. Das Reden half nicht weiter. Von wegen Mitspracherecht der Eltern! Zuschauen durften sie. Und, na klar, für den Unterhalt der Studentin aufkommen! Nicht nur der Gesetze wegen, auch aus Liebe zur Tochter und womöglich aufgrund der Hoffnung, sie würde ihren Weg in die Unabhängigkeit endgültig gefunden haben.

Der Umtrunk dauerte nicht lange, denn den Besuchern war die Wohnung zu ungemütlich. *„Wie hält sie es nur in dieser Messi-Bude aus?"*, bedauerte Thomas gedankenversunken die Lebensweise seiner Schwester. *„Und gewaschen hat sie sich selber auch tagelang nicht! Jedes Mal, wenn ich komme, muss ich die Fenster aufreißen. Der Gestank ist unerträglich! Wie kann man so leben? Wenn ich bedenke, in welchen geregelten Verhältnissen wir doch aufgewachsen sind! Was aus einem Menschen werden kann!"*

„Wir wollten dich zum Essen einladen. Wir holen dich in einer Stunde ab, damit du Zeit zum Duschen hast. Und zieh dir was Hübsches an. Ich möchte voller Stolz meine süße Schwester ausführen."

„Und was ist mit meinem Hund? Darf er auch mit?"

„Wir versuchen es mal. Du musst dir übrigens einen Namen für ihn ausdenken. Mir fällt schon was ein, falls du

nicht auf die Sprünge kommst. "

„Ach, weißt du, ich nenne ihn einfach Blackie. Das passt doch zu ihm, oder? "

„Perfekt! Ich wusste ja, dass mein Schwesterchen den allerbesten Namen finden würde. Also, in einer Stunde sind wir wieder da. Eine Leine und ein Korb stehen für Blackie im Auto bereit. Bis gleich! "

Eine Stunde später war Doris nicht wiederzuerkennen. Sie hatte sich offensichtlich Mühe gegeben: Frisch geduscht, mit einem engen, Figur betonenden Kleid angezogen, parfümiert und geschminkt. So konnte man sich mit ihr blicken lassen. Kein Grund zum Schämen, im Gegenteil. So gefiel sie Thomas. Für ein paar Stunden würde sie die alte sein und dann wieder in ihr Trübsal versinken. Helfen konnte man ihr nicht. Sie ließ ja niemanden wirklich an sie heran. Man konnte von Glück reden, dass sie den Kontakt zu Thomas zuließ und aufrechterhielt. Er war der Kommunikator, die Nabelschnur zwischen ihr und den Eltern. Von ihnen wollte sie nichts mehr wissen, nichts mehr mit ihnen zu tun haben. Sie hatte den Kontakt vollständig abgebrochen.

Eines Tages war sie beim Vater erschienen und hatte ihn beschuldigt, sie in jungen Jahren missbraucht zu haben. Von selbst war sie nicht zu dieser Anschuldigung gelangt. Es war eine geradewegs vom Papa bezahlte Psychologin, die ihr vermeintlich helfen wollte und ihr zur Erklärung ihrer studentischen Misserfolge den schwarzen Peter in des Vaters Schuhe schob. Wie viele Therapien hatten die Eltern bereits willig bezahlt, immerzu in der Annahme, dem Töchterchen würde geholfen. Und nun dieser Bumerang! Damit hatten sie wahrlich nicht gerechnet. Karl erschüttert: *„Also, das müssen wir bereden! So eine Anklage kann man nicht ohne Verteidigungsplädoyer im Raume stehen lassen! " „Kommt gar nicht in Frage. Ich gehe jetzt und möchte nichts mehr von dir hören oder sehen. Übrigens von Mama auch nicht, denn sie hat ja alles mit beobachtet, ohne mir beizustehen. Ein* *vollkommen inakzeptables Verhalten.*" Mit diesen Worten stand sie unvermittelt auf und verschwand. Auf Nimmerwiedersehen.

„Du hättest meinen Vater in dem Zustand nach diesem Gespräch erleben sollen! Sein Weinen war herzzerreißend!", erzählte Thomas Mathilde schon beim ersten Kennenlernen. So mitgenommen war er. *„Es hätte Steine erweichen können. Ich hatte ihn noch nie so aufgelöst, so verzweifelt, so verloren erlebt. Die Welt zerbrach für ihn. Dieser Dolchstoß traf einfach tief. In der ersten Zeit dachte ich, er würde sich nie mehr davon erholen können, nie die Kraft finden, um aktiv am Leben teilzunehmen. Bestimmt gibt es viele Menschen, die so reagieren. Die sind einfach erledigt, kaputt. Aber ihm gelang es, sich wieder aufzurappeln. Dazu braucht man Hilfe, Unterstützung. Ja, von jemandem, der einen liebt. Ich war nicht dazu imstande. Mama ebenso wenig. Sie war ja selber betroffen. Sie ging sogar zum Psychologen, um sicher zu gehen, dass sie sich nicht etwas vormachte oder gar vertuschte. Um die Bestätigung zu erhalten, dass sie nie einer Szene des Missbrauchs ihres Ehemannes an ihrer Tochter beigewohnt, dass diese also gar niemals stattgefunden hatte. Meine zerstörten, verstörten Eltern zu erleben, ist das Schlimmste, was mir in meinem kurzen Leben bis dato vorgekommen ist. Ich begann, Hass für meine Schwester zu empfinden. Wie konnte sie dermaßen unbesonnen handeln? Ohne die Konsequenzen für Vater und Mutter in Betracht zu ziehen! Ich hätte sie ohrfeigen, rütteln können! Ihre Funkstille meinen Eltern gegenüber besteht inzwischen schon seit vier Jahren. Ich dachte, sie fängt sich wieder. Denkste! Von wegen! Dabei sollte ihr diese Diagnose doch helfen, ihr Leben in den Griff zu bekommen. Indem sie alle Schuld an ihren Misserfolgen einfach auf den vermeintlich bösen Papa ablud. Damit sollte alles gut sein. Aber nein, nichts hat sich in ihrer Lebensweise geändert, geschweige denn gebessert! Sie nahm eine Stelle in einer Bäckerei an. Und weißt du, welchen Kommentar sie*

abgab? Es sei spannend! Wie kann denn die Arbeit an einer Theke spannend sein? Für ein paar Tage vielleicht, solange du dich einarbeitest. Aber dann ist es doch Routine! Dabei ist sie doch eine intelligente Person! Nach ein paar Wochen hat sie gekündigt. Beweis dafür, dass es doch nicht so aufregend gewesen ist. Aber es ging auf jeden Fall so weiter, sie jobbte mal hier, mal da und gelang nie auf den rechten Pfad. Und nun? Seit einem Jahr ungefähr tut sie gar nichts. Lebt vom Bürgergeld. Du kannst dir vorstellen, wie weh das Papa tut! Seine Tochter ein Sozialfall! Als könne er sein Kind nicht ernähren! Aber sie nimmt ja auch nichts von ihm an! Sie hat sogar extra die Bankverbindung ändern lassen. Als Mama erfuhr, dass Doris seit einem Jahr apathisch dahinvegetiert, hat sie sich Gedanken gemacht, wie sie ihre Lebensfreude wieder wecken kann. Ich hatte berichtet, dass Doris total vereinsamt war, nichts unternahm, praktisch den lieben langen Tag zuhause auf der Couch lag, vielleicht ein wenig fernsah, aber die Wohnung nur mal kurz zum Einkaufen verließ. Der Hund wird sie nun hoffentlich zwingen, mit ihm Gassi zu gehen. Das wäre vielleicht ein Anfang. Dann sind noch die anderen Hundehalter, mit denen sie wohl oder übel ins Gespräch kommen wird. Sie war ja stets kommunikationsfreudig und unterhaltsam. Vielleicht ändert sich ihr Leben durch dieses kleine Wesen. Es wäre nicht das erste Mal, dass ein Vierbeiner ein Wunder vollbringt.“

Doris

Blackie ist wirklich ein Schatz. Mit ihm traue ich mich wieder unter die Menschen. Denn ich muss gestehen, dass ich sie lange gemieden habe. Ich dachte, ich bräuchte sie nicht. Aber es ist tatsächlich schön und sogar wohltuend, sich mit diesen inzwischen nicht mehr fremden Leuten zu unterhalten. Ein Gewinn, ich sehe es ein. Denn ich habe in den letzten Jahren ja jeglichen Kontakt oder Austausch mit Bekannten oder Unbekannten verweigert. Ich verkroch mich in mein Schneckenhaus, sodass sogar die Erledigung meiner Einkäufe zu einer Seltenheit degenerierte. Nur aufgrund des Wissens, dass man an der Kasse nicht mehr, als „Guten Tag" und „Danke" zu sagen braucht, wagte ich es, den Supermarkt zu betreten. Und sogar diese paar Wörter fielen mir schwer, bedeuteten eine Last. Ich habe immer noch Angst vor Begegnungen. Ist es Unsicherheit? Fehlende Gewohnheit? Ich merke ja ihre Blicke. Man schaut mich scheel an. Warum? Nicht immer habe ich mich gewaschen, das stimmt. Wozu auch? Ich sehe und treffe doch niemanden. Und meine Kleidung? Auch nicht proper. Ich habe nicht die Kraft, mich an die Normen zu halten. Wen kümmert's, was ich tue oder unterlasse? Meine Tage plätschern dahin. Als würde es Sinn machen, sich zu schinden, jeden Tag einer stumpfsinnigen Arbeit nachzugehen. Wie mein Vater es tut, wie mein Bruder es tut. Sollen sie doch! Ist deren Bier!

Dabei war ich doch prädestiniert, ein Superstudium und danach eine ebenso tolle Karriere hinzulegen. Dementsprechend habe ich mir die Studiengänge ausgesucht: Künstliche Intelligenz, Neurowissenschaften, Informations- und Kommunikationstechnologie usw. Das passte Papa jedes Mal. Ich hätte eine gute Wahl getroffen, das seien die Zukunftswissenschaften, kommentierte er voller Stolz. Zugestanden, aber passten sie zu mir? Danach fragte niemand. Daraufhin wechselte ich die Sparte, einmal, zweimal, ja, wie oft überhaupt? Weiß ich nicht mehr. Immer suchte ich mir das Außergewöhnliche aus. Z. B. Japanisch. So ein Blödsinn. Wozu eigentlich? In Kombination zu welchem Abschluss? Zur Prüfung erschien ich einfach nicht. Aus Prüfungsangst? Oder im Gegenteil aufgrund der Einsicht, ich brauche diese Sprache eh nicht? Ich konnte meine Eltern aber immerzu täuschen, im Irrglauben belassen, ich würde eines Tages nicht nur ein Einser-Examen hinlegen, sondern danach auch noch in beschleunigtem Tempo beruflich aufsteigen. Aber Pustekuchen! Daraus wurde nichts. Ich konnte mich nie aufraffen, etwas tatsächlich zu Ende zu führen. Unterwegs blieb ich stecken, tief im Schlamm, und konnte mich nicht herausziehen, versank stattdessen immer weiter. Dabei fühlte ich mich natürlich nicht wohl. Also versteckte ich mich, verschwand wohin auch immer.

Meine Eltern übten sich in Geduld. Aber ihre Verzweiflung war ihnen anzusehen. Obendrein befanden sie sich im ständigen Crescendo, da ich sie unaufhörlich mit neuen Niederlagen versorgte! Ich bekam dennoch ununterbrochen meinen monatlichen Unterhalt. Es war mir klar, dass sie mich nie im Regen stehen lassen würden. Zwischendurch jobbte ich auch mal hier und da. Nichts war wirklich zufriedenstellend. Nach Australien bin ich auch gegangen. Ich hatte es mir als Eldorado vorgestellt. Hatte meine spärlichen Habseligkeiten verkauft; mein Ziel war das Auswandern. Dort kam dann die Ernüchterung. Auf einer Farm durfte ich mithelfen, die Tiere versorgen, aufräumen, putzen. Beschäftigt war ich, aber der Hit war das nicht. Also kaum einige Wochen später flog ich zurück in die Heimat. Enttäuschung reihte sich an Enttäuschung wie eine Perlenkette. Und ich fand nicht den Weg, meine Akkus aufzuladen. Meine Energie erschöpft. Keine Visionen. Leere vor mir.

In so einem Fall sucht man einen Psychologen auf. Es wurden mehrere, denn sie boten mir nicht wirklich Hilfe. Man soll reden und reden, während die irgendwelche Notizen machen. Wozu eigentlich? Schauen sie die noch mal an? Den Eindruck hatte ich nicht. Es kam bei den unzähligen Sitzungen nichts Besonderes heraus. Der Vorwärtsgang klemmte offensichtlich! Bis ich auf Frau Richter traf. Auch die wühlte in meiner Vergangenheit herum, war davon überzeugt, dass dort der Grund für meine Schlappen zu finden sei. Und Eureka! So war es.

Anfangs konnte und wollte ich ihrem Fund keinen Glauben schenken. Er kam mir abstrus vor, inkongruent. Warum sollte Papa das gemacht haben? Er hatte doch eine junge, hübsche Frau an seiner Seite, mit der er sich prima verstand, mit der er Pläne schmiedete. War alles nur Lug und Trug, nur Fassade? Fehlte den beiden doch etwas? So stellte es Frau Richter dar. Oft scheine der Mangel nicht durch, bleibe verdeckt, versteckt, sogar für den Verantwortlichen selber. Er brauchte als Mann einen Ausgleich und den fand er in mir. Wie alt war ich wohl? Fünf oder sechs? Ich kann mich nicht genau an Situationen erinnern, aber durch das insistieren der Psychologin traten sie dann doch aus dem Nebel der Erinnerung hervor und wurden immer deutlicher. Diese Übergriffe eines männlichen Verwandten, denn auch Brüder oder Onkel werden oft als Täter entlarvt, seien verbreiteter, als man denke, meinte die Expertin. Im ersten Augenblick stets unvorstellbar, nicht nachvollziehbar, aber sobald man sich Mühe gäbe, tief in sich selber hineinschaue, entweiche der Dunst und die Taten lägen klar vor einem. An der Hand führte sie mich in die Abgründe meines Gedächtnisses. Schritt für Schritt begleitete sie mich. Sie überließ mich nicht alleine der grausamen Wahrheit. Diese Unterstützung benötigte ich wie die Hebräer das Manna in der Wüste! Denn ich fühlte mich komplett überfordert und vor allem verlassen! An wen sollte ich mich denn angesichts dieses neuen Wissens wenden, mit wem meinen Schmerz teilen, bei wem mich ausweinen? Als erstes fühlte ich mich total zerstört. Mir wäre lieber gewesen, ich hätte diese Wahrheit nie erfahren, hätte weiterhin über meine eigenen Unzulänglichkeiten gegrübelt, weitergesucht, geforscht nach den möglichen Auslösern für mein vielseitiges Versagen. Aber dass mein leiblicher Vater sich an mir vergangen hatte, wenn mir dieses Wissen erspart geblieben wäre, dann hätte ich anschließend nicht diese Hölle durchschreiten, diese Pein erleiden müssen. Und während ich so vor mich hin litt, verstärkte sich in mir die Gewissheit der Tat. Ich entdeckte in der verworrenen Vergangenheit die Momente des Geschehens. Wie Schuppen fiel es mir von den Augen. Wieso war es mir nicht schon früher klar und verständlich gewesen? Ich erinnerte mich, obwohl es mir widerstrebte, obwohl ich den Schleier nicht lüften wollte. Appetit-Aversion. Auf der einen Seite sehnte ich mich nach Auflösung, Aufklärung, auf der anderen Seite wollte ich vertuschen, verheimlichen, unwissend bleiben. Total ambivalent. Hin- und hergerissen. Frau Richter besänftigte mich, die anfängliche Schockreaktion sei normal. Niemand würde eine so gravierende Feststellung mit Wohlwollen aufnehmen. Das sei gerade das Fatale am Unterbewusstsein. Es vertusche, es sei nicht neutral und fair, sondern eben einseitig, voreingenommen, wolle beschützen, auch wenn es dadurch größeren Schaden anrichte. Sie hatte in allem Recht. Ich würde aus dieser Situation der Ablehnung der Wahrheit, des Unverständnisses bald herausgewachsen sein, danach käme der Befreiungsschlag, die Abnabelung von meinem alten wackeligen Selbst; der Weg wäre dann offen in eine Zukunft, die ich mir nun in Unabhängigkeit von den betrübenden Schatten schmieden könnte. Selbstverständlich bräuchte ich ein wenig Zeit dafür; die sollte ich mir auf jeden Fall gönnen, da diese harte Erkenntnis kein Zuckerschlecken darstelle. Schlussendlich sei der Gewinn für mich selber enorm. Denn ohne das Aufdecken der Leichen in meinem Keller hätten diese mich mein Leben lang verfolgt, mir nie Ruhe gegönnt. Geheimnisse müssen gelüftet werden, sonst erdrückt uns eines Tages deren Last. Die Folgen hiervon sind je nach Fall, d. h. je nach Menschentypus, unterschiedlich verheerend.

Tatsächlich erholte ich mich langsam. Wuchs heraus aus dem Schock. Und fasste den einzigen logischen Entschluss: Nie wieder Kontakt zu meinen Eltern haben. Denn es wurde mir klar, dass meine Mama ihren Anteil an Schuld trug. Wie kann eine Mutter zusehen, zulassen, dass so etwas in ihrem Heim passiert? Sie war obendrein nicht berufstätig. Sie muss mitbekommen haben, was vor sich ging. Ich ekle mich vor beiden.

Inzwischen sind schon vier Jahre vergangen. In Ordnung habe ich mein Leben immer noch nicht gebracht. Es geht mit mir einfach nicht voran, obwohl es mir Frau Richter anders vorausgesagt hatte. Woran liegt es? Die Offenbarung alleine schafft es nicht, mich auf die rechte Bahn zu lenken. Es braucht mehr. Ich habe, eigentlich nicht anders als früher auch, immer wieder eine Stelle angetreten, dann aber angewidert den Hut genommen. Warum? Weil ich ja so erzogen worden bin, dass ich für Höheres tauge. Man hat seine Ansprüche, auch wenn man keine besonderen Abschlüsse außer einem Einserabitur vorzuweisen hat. Danach nur Abbrüche, Flops. Aus dieser Spirale bin ich bis dato nicht herausgekommen. Inzwischen ist auch Frau Richter mit ihrem Latein am Ende. Sie sucht verzweifelt nach weiteren Gründen für mein andauerndes Scheitern, z. B. die Scheidung meiner Eltern. Wie viele Kinder auf dieser Welt müssen durch diese qualvolle Phase? Werden nicht etwa über 50% aller Ehen geschieden? Demnach sind wir Scheidungskinder in der Mehrzahl, aber im Gegensatz zu mir schafft es diese Mehrheit dennoch, etwas auf die Reihe zu bringen! Bitte schön! Also kann die Trennung meiner Eltern nicht die Ursache für mein verkorkstes Leben sein. Weitersuchen heißt die Parole! Aber ich habe keine Lust mehr. Es reicht.

D. h. ich habe aufgegeben. Mich aufgegeben. Das ganze letzte Jahr habe ich mich gehen lassen, gefaulenzt. Nichts mehr unternommen. Geschlafen, wenig gegessen, wahrscheinlich viel zu wenig getrunken, dafür umso mehr vor mich hingedöst. Geholfen hat die Träumerei auch nicht. Das Paradies hat sich auf diese Weise nicht aufgetan. Ganz im Gegenteil. Ich hatte den Eindruck, ich werde langsam verrückt. Ich muss schon sagen, der Einfall, mir einen Hund zu schenken, wirkt sich wie ein hoher Lottogewinn aus. Wer hätte das gedacht? Diese treuen Augen! Ich schmelze einfach dahin. Dieses kleine Tierchen gibt mir so viel! Es freut sich, mich zu sehen, mich zu begleiten, neben mir zu sitzen, egal was ich tue, es ist in meinem Beisein zufrieden oder sogar glücklich. Und ich? Ebenso. Es vermittelt mir die notwendige Kraft, um wieder am Leben teilzunehmen. Ich denke mir, jetzt kann ich nochmals durchstarten, etwas Brauchbares in die Wege leiten, vielleicht sogar ein Studium in Angriff nehmen. Und zu Ende führen.

Papa

Diese Beschuldigung kann ich nicht auf mir sitzen lassen. Das ertrage ich nicht. Als rational denkender Mensch kann ich unmöglich die Vermutung im Raume stehen lassen, dass ich mich an meinem eigenen Fleisch und Blut vergriffen haben soll. Ich muss unbedingt mit der Psychologin in Kontakt treten, um herauszufinden, nach welchen Prinzipien, eher Methoden, sie arbeitet. Wie bringe ich aber ihren Namen und ihre Adresse in Erfahrung? Über Doris unmöglich, da sie jegliche Verbindung zu uns gekappt hat.

Nach ein paar Sitzungen bei meinem Psychologen, den ich aus lauter Verzweiflung aufgesucht habe, fällt ein Fachausdruck, der mich aufhorchen lässt: *False Memory*. Er stammt wie alle modernen Tendenzen aus den USA und hat natürlich auch den europäischen Markt infiziert. Ja, infiziert, denn er ist nicht wohltuend, er macht eindeutig krank, kränker, auch wenn er im Grunde genommen zum Befreiungsschlag eines Traumas führen sollte. Aber er ist nicht echt, sondern, wie der Begriff vermuten lässt, schlichtweg *falsch*.

Die beherrschende Grundidee des *False Memory* oder der *Erinnerungsverfälschung* besteht darin, dass ein Psychologe bei der mit einem Problem behafteten Person ein an ihr begangenes Vergehen ins Gedächtnis zurückruft. Dem Betreffenden ist diese Missetat nicht mehr bewusst, denn er hat sie - sozusagen zum Selbstschutz - verdrängt. Durch das Wiederaufleben der Untat, durch die Beschäftigung mit der daraus entstandenen Verletzung, kann man sich von dem auf der Seele lastenden Störfaktor befreien. So sieht die Theorie aus. Meine eigene Deutung, die von vielen anderen geteilt wird, sieht ein wenig anders aus.

Ein Psychologe forscht bei einem Patienten nach der Ursache für ein bestimmtes Leiden. Da er nach einer gewissen Therapiedauer immer noch keine Erklärung für dessen Störung oder Not gefunden hat, da er nicht weiterkommt bei der Suche im Unterbewusstsein des Kranken, stellt er seine Vorgehensweise komplett um: Er gräbt nicht mehr tiefer und tiefer im Sumpf der Vergangenheit des Patienten, sondern er pflanzt ihm ein Geschehen in sein Gehirn ein. Er erfindet für ihn, in Hinblick auf seine Läuterung, ein Vorkommnis - allerdings nach seinem eigenen Gutdünken. Der Zweck mag ja wohlgemeint sein, eine Heilung bewirken, zur Befreiung der verfolgenden, nicht identifizierten Geister führen, aber das Ganze beruht auf Betrug. Das Unrecht wurde nämlich nie am Patienten begangen. Es ist lediglich in der Fantasie des Therapeuten entstanden. Wenn dieser geschickt vorgeht, gelangt der Patient zu der Überzeugung, die Schilderung des Psychologen sei kongruent, entspreche der Wahrheit und zieht sie nicht in Zweifel. Für den Kranken ist es der Anker, der ihn aus seiner misslichen Lage befreien, ihn stabilisieren, ihn für ein normales Alltagsleben wieder tauglich machen wird. Er akzeptiert, vielleicht nach einem anfänglichen Widerstreben oder Zaudern, die angebotene Er-Lösung und fängt selber an, Details hinzuzufügen, erdichtet – zur großen Genugtuung des Therapeuten – immer mehr Einzelheiten. Er freut sich und geht davon aus, dass sich nun alles zum Guten wendet, dass er wieder Mitglied der Gemeinschaft wird, jener, die er bis dato abgelehnt hat, die ihn zu erdrücken drohte. Diese Phase des Enthusiasmus dauert eine Weile an, dann folgt jedoch die Ernüchterung. Um in der Gesellschaft anerkannt zu sein, müssen wir Leistung erbringen. An ihr werden wir gemessen. Aber der nun theoretisch Genesene besitzt meist nicht die Kraft, sich zu integrieren, sich anzupassen. Er hat den Zug schon lange verpasst, er hat viel Zeit verloren, etliche Therapieansätze abgebrochen; zu sich selber zu finden, ist kein leichtes Unterfangen. D. h. das Scheitern geht weiter. Was er bis jetzt nicht geschafft hat, wird er auch in Zukunft nicht schaffen. Er bleibt hängen, kommt nicht vom Fleck. Der Erfolg tritt nicht ein, die Frustration ist umso größer.

Es ist leider das, was ich aus der Ferne bei Doris

beobachte. Es sickern nämlich durch Thomas einige sporadische Informationen zu uns Eltern durch. Vor nun vier Jahren hat sie den Kontakt komplett eingestellt. Den Bruder akzeptiert sie aber. Ihn trifft ja keinerlei Schuld. Das anerkennt sie. Also übermittelt er uns die spärlichen Nachrichten über sie. Diese Tatsache nimmt sie hin, sozusagen in Kauf. Vielleicht tut es ihr unbewusst auch gut zu wissen, dass wir so indirekt an ihrem Leben teilnehmen können, dass die Nabelschnur nicht vollständig abgetrennt ist. Ein Beweis dafür, dass ihr Herz im Grunde genommen doch noch ein klein wenig an ihrer Familie hängt. Es ist klar: Wir Eltern geben die Hoffnung nie auf. Wir lassen alle Türen sperrangelweit offen, für den Tag, an dem sich unser Kind zu uns bekennen sollte. Zur gleichen Zeit wissen wir, dass wir keinerlei Bedingungen stellen können, dass wir es egal wann mit ausgebreiteten Armen empfangen werden! Obwohl ich inzwischen durch meine unzähligen Recherchen weiß, dass kaum einer dieser Fälle schlussendlich in einer Wiedervereinigung endet.

Einige Therapeuten arbeiten auch mit Hypnose. Sie versetzen den Patienten angeblich in einen Zeitraum zurück, in dem er ein bestimmtes Erlebnis hatte. Im Wachzustand soll er dann von der Erfahrung berichten. Viele Patienten geraten in eine Art Abhängigkeit von ihrem Therapeuten; er verwandelt sich in ihr Lebenselixier; sie kommen ohne ihn nicht mehr zurecht, hängen sozusagen am Tropf. Diese Situation ist alles andere als gesund! Die Therapie soll doch den Patienten in die Unabhängigkeit führen, ihm ermöglichen, alleine in allen Lebenssituationen zurechtzukommen. Und siehe da, das Gegenteil ist der Fall! Solche Behandlungsmethoden gehören verboten! Aber sie haben ja sogar den Sprung über den Ozean geschafft! Wie vieles andere Schlechte mehr, dass uns auf dem gleichen Wege erreicht hat. Und uns sind die Hände gebunden! Wir können nur zuschauen, wie Lebensläufe willkürlich zerstört werden.

Nach all diesen Jahren bringt Doris immer noch nichts

auf die Reihe. Zumindest probiert sie gelegentlich neue Jobs aus, verweilt aber nur für eine kurze Zeitspanne im jeweiligen Arbeitsverhältnis. Bei jedem neuen Antritt berichtet sie Thomas voller Euphorie davon, um wenige Tage danach eine Kehrtwende von 180° zu vollziehen und die Stelle zu quittieren. Für mich ist dies die Bestätigung dafür, dass die Diagnose der Therapeutin nicht nur falsch war, sondern obendrein Doris nicht im Geringsten geholfen hat. Wenn Doris auf diese Weise nämlich ihren Weg, ihr Glück, ihre Erfüllung gefunden hätte, dann könnte ich damit leben! Dann könnte ich mich für sie freuen. Aber so ist das Ganze äußerst frustrierend.

Einen Therapeuten zu belangen, weil er eine falsche Diagnose gestellt hat, ist so gut wie unmöglich. Schon bei einem Arzt ist der Erfolg fraglich, bei einem Psychologen umso schwieriger. Diesen Weg habe ich schnell aufgegeben. Ich habe hingegen versucht, Doris' Werdegang zu durchleuchten, die Wurzel des Übels in ihrer Wesensart zu entdecken. Auffällig war ihre Jugend. Viel alleine. Kaum eine Freundin. Gelesen hat sie alles, was ihr in die Hände fiel, von der Kurzgeschichte bis zum 800 Seiten umfassenden Roman. Alles verschlang sie, beteiligte sich kaum an den Gesprächen zu Tisch, verweilte lieber in ihrer Traumwelt. Auch während ihres zweijährigen schulischen Auslandsaufenthaltes hat sie ihre Lebensweise nicht verändert, so wurde mir von der Gastfamilie berichtet. Schüchternheit in der Pubertät, könnte man meinen. Aber in der Studienzeit hat sich ihr soziales Verhalten auch nicht gebessert. Einmal musste ich sie sogar von ihrer Studentenunterkunft abholen, da sie eine Art Breakdown erlebt hatte. Natürlich machten wir uns schon damals Sorgen um sie! Wir stießen aber nicht zur Ursache vor. Unsere Scheidung spielte sicherlich eine gewisse Rolle. Doris hat sie im Gegensatz zu Thomas eindeutig nicht verkraftet. Und meine Heirat mit Anuschka bedeutete dann einen weiteren Schlag für sie. Aber andere Kinder sind durch die Unstimmigkeiten zwischen den Eltern dennoch in der Lage, ihr Leben in geregelte Bahnen zu lenken. Doris konnte und kann es offensichtlich nicht. Von der Uni nach Hause gekommen, verbrachte sie zwei ganze Jahre bei ihrer Mutter mit Nichtstun, mit Herumlungern in ihrem Zimmer. Dieses Verhalten trieb die arme Ina fast in den Wahnsinn. Sie selber hatte nach der Scheidung eine Arbeitsstelle angetreten und traf nun jeden Abend ihre junge, gesunde Tochter an, die den ganzen lieben Tag lang überhaupt gar nichts unternommen hatte, auch nicht im Haushalt mithalf oder die Einkäufe erledigte. Ina zerrte sie zu verschiedenen Psychologen, die zum Abwarten rieten: *„Lassen Sie ihr Zeit. Sie werden sehen, sie wird schon zu sich finden. Besser so, als dass sie den falschen Weg einschlägt und mit 40 feststellt, uff, das passt alles nicht zu mir!"* Wir übten uns in Geduld. Wir wollten sie auch nicht auf die Straße setzen, der Gefahr der Drogeneinnahmen überlassen. Es konnte ja noch viel schlimmer kommen. Wir mussten sogar von Glück reden! Als ich per Zufall in einem Park, in dem sich offensichtlich die Drogenkonsumenten regelmäßig zum Deal trafen, an einem Baum folgende Nachricht las: *„Bitte, Michi, komm nachhause! Wir vermissen dich!"*, wurde mir unvermittelt klar, dass es noch viel verzweifeltere Eltern gibt als uns. Was müssen sie durchmachen! Entsetzlich!

Meiner Gesundheit hat dieses Drama zugesetzt. Ich erlitt einen Blasenkrebs. Nicht gerade angenehm, bei den Untersuchungen die Kanüle durch den Penis geführt zu bekommen! Ich erhielt die üblichen Chemotherapien, die aber leider wirkungslos blieben. Bis ich einen anderen Ansatz ausprobierte: Anschließend an die Chemotherapie eilte ich zu einem Arzt, der mir so etwas wie einen heißen Ziegelstein auf den Bauch legte. Konsequenz: Starkes Schwitzen! Ungefähr eine Stunde lang! Die Sauna fällt dagegen milde aus! Eine wahre Tortur! Die ich ein paar Mal über mich ergehen lassen musste. Mit Erfolg! Toi, toi, toi! Erst mal gibt es Entwarnung. Aber diese Krankheit hat meiner Arbeit geschadet. Als

Selbstständiger musste ich eine gewisse Zeit lang Aufträge ablehnen; als ich mich dann erholt hatte, blieben sie vollständig aus; ich hatte den Anschluss verloren. Als hätte ich nicht schon genug Schwierigkeiten, kamen ausgerechnet die finanziellen hinzu! Inzwischen bin ich wieder auf dem Damm! Die Aufträge fließen herein. Gesundheitlich scheint alles in Ordnung. In all diesen schwierigen Situationen hat meine neue Ehefrau zu mir gehalten. Wenn ich bedenke, dass ich zur Zeit unseres Kennenlernens auf dem Höhepunkt meiner Karriere stand, dass ich bis dahin – außer dem Zusammenbruch meiner Ehe – ausschließlich positive Erlebnisse gehabt hatte, dass Anuschka also nur auf noch mehr Aufstieg, nicht aber auf Abstieg und Probleme persönlicher und gesundheitlicher Art vorbereitet war, dass sie dann aber all dies in kurzer Abfolge erlebte und mitmachte, dass sie alles nicht nur ertrug, sondern mich ununterbrochen unterstützte, ich weiß nicht, wie hoch ich ihr das anrechnen soll. Ich stehe eindeutig auf ewig in ihrer Schuld. Meine Dankbarkeit ist grenzenlos. Obendrein hat sich auch die Beziehung zu Ina normalisiert, nachdem sie in der ersten Zeit nach unserer Trennung fast unerträglich war. Man muss sich im Leben mit dem zufrieden geben, was einem zufällt, was nicht bedeutet, dass man nicht ständig nach mehr und Besserem trachtet. Und in puncto Doris gebe ich die Wartestellung nicht auf.

Silvia

Ich kenne Doris schon lange, seit Kindesbeinen, denn ich bin ihre einzige Tante mütterlicherseits. Sie war ein süßes Mädchen, einfach zum Liebhaben. Oft spielte ich mit ihr, aber schnell kristallisierte sich ihre Vorliebe heraus: Lesen, schreiben und rechnen lernen! Ich sah mich mit ihrem immensen Wissensdurst konfrontiert. Der war nicht zu stillen. Wohlbemerkt bereits im Vorschulalter! Eine kleine Raupe Nimmersatt! Somit kaufte ich ständig neues Material. Als sehr hilfreich zum Lesenlernen stach das Lüksortiment hervor. Doris bewies zähes Sitzfleisch. Nicht wie andere Kinder, die nach zehn Minuten einen Wechsel beanspruchen, die nicht durchhalten können, die ermüden. Allerdings war ich diejenige, die am liebsten abgebrochen hätte, die erschöpft eine Entspannung benötigte. Doris war unersättlich. Ein klarer Beweis für ihre Intelligenz.

In späteren Jahren, als Schulkind, verkroch sie sich nach schneller Erledigung der Hausaufgaben in eine Ecke und las. Ich fand ihre Auswahl nicht unbedingt altersgerecht, denn sie holte sich schon früh Werke, die ihr nicht nur von der Länge her eine hohe Konzentration abverlangten, sondern deren Inhalt sie obendrein bestimmt überforderte. Sie verschlang ein Buch nach dem anderen. Es entwickelte sich nun zu unserer Aufgabe, sie ständig mit neuen Romanen und Schmökern zu versorgen. In der Stadtbibliothek war sie natürlich bekannt wie ein bunter Hund. Nicht verwunderlich, da sie dort mindestens einmal wöchentlich auftauchte. Verstand sie, was sie las? Ich fragte sie nach dem Inhalt des Gelesenen und sie berichtete immer voller Elan. Das war für mich nicht der Beweis für ihr Verständnis der Lektüre. Aber ich konnte mich nicht aufraffen, diese langen Werke zu lesen. Schon deren Anblick ließ mich erschaudern; ich bin mit maximal der Hälfte der Seitenzahl zufrieden gestellt!

So verliefen für Doris die Jahre eintönig im

Gleichklang. Freundinnen hellten ihren Alltag selten auf. Eindeutig war sie eine Einzelgängerin. Mir gefiel es nicht, dass sie kaum Abwechslung erfuhr. In den Schulferien flog die Familie jeweils für zwei bis drei Wochen in exklusive Ressorts, wo sie es sich gut gehen ließ. Doris lernte somit die Welt des Luxus, der guten Gastronomie, der Mondänität kennen. An sportlichen Aktivitäten probierte sie die ausgefallensten aus, wie Tauchen, Wasserski und einmal sogar das Paragliding. Aber keine löste bei ihr einen derartigen Enthusiasmus aus, dass sie sie zuhause weitergeführt hätte. Im Gegenteil: Zurückgekehrt verfiel sie sofort und ohne Zaudern in ihre Lieblingsgewohnheit: Das Lesen. Und in ihre Einsamkeit. Die fiktive Welt ersetzte ihr die reale. Damals existierte noch nicht die Möglichkeit, über das Internet zu kommunizieren, dort Spiele ausfindig zu machen und Beschäftigung auf vielen Gebieten zu entdecken. Es besteht für mich kein Zweifel, dass sie heutzutage in diesen Gefilden unterwegs ist und sich durchaus wohl fühlt. Ich kann mir nicht vorstellen, dass sie in ihrem jetzigen Zustand noch irgendein Buch in die Hand nimmt, ganz zu schweigen von Wälzern!

Zu mir pflegt sie noch oberflächlichen Kontakt. Ich stehe sozusagen außerhalb der Kernfamilie, war an der Missetat nicht einmal als Beobachterin beteiligt. Vollkommen schuldfrei, wenn man es so sagen darf. Aber stimmt diese Behauptung? Denn, wie ich soeben beschrieben habe, missfiel mir ihr Verhalten, fand ich es niemals altersgerecht. Ein paar Male habe ich Ina darauf angesprochen, aber sie winkte ab. Sie fand die Intellektualität ihrer Tochter etwas Besonderes, etwas Lobenswertes, etwas Außergewöhnliches. Natürlich stach Doris mit ihrer Lesefreude, mit ihren exzellenten schulischen Leistungen hervor. Aber mir hätte sie schon damals etwas angepasster besser gefallen! Im Grunde genommen haben wir alle zum damaligen Zeitpunkt zu oberflächlich gehandelt. Doris' übertriebene Leselust hätte uns aufhorchen lassen müssen. Anstatt sie deswegen zu bewundern, sie weiterhin anzustacheln, wie es Ina offensichtlich tat, hätten wir darin ihre Absonderlichkeit erkennen sollen. Wir hätten sie näher analysieren und vor allem zu einem Psychologen schicken müssen. Diese Schlussfolgerung ist aus heutiger Sicht natürlich einfach. Jetzt lesen und hören wir viel von Autisten, die sich zurückziehen, die sich in Bücher vergraben, um den Kontakt zu ihren Mitmenschen auf ein Minimum zu reduzieren. Passt dieses Krankheitsbild nicht etwa zu Doris? Ich meine schon, aber ich traue mich nicht, es vor ihren Eltern offen auszusprechen. In irgendeine der verschiedenen Arten von Autismus gehört sie meines Erachtens hinein. Obwohl ich mir nicht im Geringsten anmaßen möchte, Expertin auf diesem Gebiet zu sein. Ich dürfte mir eigentlich gar kein Urteil erlauben!

Nachdem ich dann von Edgars angeblichem Übergriff auf seine Tochter erfahren habe, fing ich an, in meinem Gedächtnis nachzuforschen. Wieso diese Nacktfotos von der fünf- oder sechsjährigen Doris? Sehr künstlerisch, zugegeben. Von einem bekannten Fotographen gemacht. Bestimmt sehr teuer. Ein in der blauen Luft mit offenen Armen schwebendes nacktes Mädchen, wie von Geisterhand getragen. Sehr apart. Sehr extravagant. Sehr ungewöhnlich, oder?, dass ein Vater, vielleicht die Eltern, solche Fotos in Auftrag geben. Und sie anschließend voller Stolz herumzeigen. Irgendwie passte es zu ihnen, denn sie besuchten ständig moderne Ausstellungen, auch fotografische. Mich zogen diese nicht an. Aber sie verstanden etwas davon und kauften sich hin und wieder auch mal ein frappantes Bild. Nicht mein Geschmack. Das Ehepaar gefiel sich offensichtlich in dieser avantgardistischen Rolle.

In Doris' Pubertätszeit, da brach nicht sie, sondern Edgar zusammen. Er bekam Tunnelangst, richtige Panik, konnte nicht hindurchfahren. Und Herzrasen. Als ich einmal eine Nacht bei ihnen verbrachte, weil Ina an einem Yogawochenende teilnahm, weckte er mich um Mitternacht und bat mich, ihn in die nahe gelegene Klinik zu fahren. Er erleide wohl einen Infarkt, war seine Meinung. Also fuhr ich ihn vollauf besorgt dorthin. Die Krankenschwester nahm mich nach der Untersuchung zur Seite und erklärte mir: „*Seien Sie beruhigt. Er hat rein gar nichts! Es ist bloße Nervosität. Wir haben ihm eine Beruhigungsspritze verabreicht. Hier haben Sie ein Rezept für Tabletten, die er zur Vermeidung solcher Aussetzer zu sich nehmen sollte. Was er braucht, ist Ruhe. Dann wird es schon wieder gehen!*" Ein eingebildeter Kranker also? Mit einem Augenzwinkern hatte mir die Krankenschwester diese Mitteilung gemacht. Ich einerseits erleichtert, andrerseits voll Sorge auf der Suche nach der Ursache dieses Ungleichgewichts bei Edgar.

Was konnte es sein, dass ihn derart durcheinanderbrachte, dass er sich ernsthaft krank fühlte? Beruflich stand er gut da. Darin lag der Grund nicht. Mit Ina war ich mir nicht so sicher. Ich entdeckte die ersten Anzeichen für einen Bruch, den sie selber wahrscheinlich nicht wahrhaben wollten. Man könnte nach dem Verdikt der Psychologin vielleicht meinen, die Gewissensbisse in Bezug auf seine Untat beunruhigten ihn. Ziehen wir nicht zu schnell einen Schluss, der sich nicht ohne Weiteres beweisen lässt? Interpretieren wir nicht zu leichtsinnig? Vorsicht ist das Gebot der Stunde! Unmöglich für uns Laien hier das richtige Urteil zu fällen, wenn schon die Rechtsprechung die Sichtweise vertritt: „*In dubio, pro reo!*"

Bibliographie

Döpfner, Manfred und Schürmann, Stephanie, „Wackelpeter und Trotzkopf", Weinheim 2023

Preißmann, Christine, „Psychotherapie bei Menschen mit Asperger-Syndrom", Stuttgart 2007

Vance, Ashlee, „Elon Musk", München 2020

Wimmer, Martin, „Klimastar Greta Thunberg", Hamburg 2021